Série Vaga-Lume

MORTE NO COLÉGIO

Luis Eduardo Matta

Ilustrações
Fábio Moon e
Gabriel Bá

editora ática

Morte no colégio
© Luis Eduardo Matta, 2006
representado por AMS Agenciamento Artístico, Cultural e Literário Ltda.

Diretor editorial	Fernando Paixão
Editora	Gabriela Dias
Editor assistente	Emílio Satoshi Hamaya
Apoio	Kelly Mayumi Ishida
Preparador	Agnaldo Holanda
Coordenadora de revisão	Ivany Picasso Batista
Revisoras	Alessandra Miranda de Sá
	Cátia de Almeida
	Luicy Caetano

ARTE
Editora	Cintia Maria da Silva
Editoração eletrônica	Studio 3
Estagiária	Beatriz Moreira Berto

CIP-BRASIL. CATALOGAÇÃO NA FONTE
SINDICATO NACIONAL DOS EDITORES DE LIVROS, RJ

M385m

Matta, Luis Eduardo, 1974-
  Morte no colégio / Luis Eduardo Matta ; ilustrações
Fábio Moon e Gabriel Bá. - São Paulo : Ática, 2007.
  136p. : il. - (Vaga-Lume)

Contém suplemento de leitura
ISBN 978-85-08-10775-9

1. Atlântida – Literatura infantojuvenil. 2. Ficção infantojuvenil brasileira. I. Moon, Fábio, 1976-. II. Bá, Gabriel, 1976-. III. Título. IV. Série.

06-3869.   CDD: 028.5
                                                        CDU: 087.5

ISBN 978 85 08 10775-9
CL: 735259
CAE: 210797

2023
1ª edição
12ª impressão
Impressão e acabamento: Forma Certa Gráfica Digital

Todos os direitos reservados pela Editora Ática S.A., 2007
Avenida das Nações Unidas, 7221 – CEP 05425-902 – São Paulo, SP
Atendimento ao cliente: 4003-3061 – atendimento@aticascipione.com.br
www.coletivoleitor.com.br

IMPORTANTE: Ao comprar um livro, você remunera e reconhece o trabalho do autor e o de muitos outros profissionais envolvidos na produção editorial e na comercialização das obras: editores, revisores, diagramadores, ilustradores, gráficos, divulgadores, distribuidores, livreiros, entre outros. Ajude-nos a combater a cópia ilegal! Ela gera desemprego, prejudica a difusão da cultura e encarece os livros que você compra.

Um crime e um grande enigma

Há milhares de anos, um lugar habitado por uma civilização muito desenvolvida afundou no mar e desapareceu para sempre. O filósofo Platão foi o primeiro a citar essa história, há mais de dois mil e quinhentos anos. E desde então o mito de Atlântida tem atravessado os séculos, permanecendo até hoje como um dos maiores enigmas de todos os tempos.

Ivan e sua irmã Sofia nunca deram muita atenção para as pesquisas minuciosas de tio Fausto sobre a civilização atlante, nem mesmo no dia em que ele se encontrou com o diretor do colégio para falar sobre os Manuscritos de Éfeso — um documento valiosíssimo que provaria a existência e revelaria a localização de Atlântida. Porém, logo após essa reunião, Ivan começa a receber bilhetes ameaçadores e, poucos dias depois, o diretor é misteriosamente assassinado!

Os Manuscritos de Éfeso, desaparecidos há séculos, sempre despertaram a cobiça dos homens. E o diretor do colégio, pouco antes de ser assassinado, parecia prestes a encontrá-los...

Ivan, Sofia e tio Fausto agora têm muito o que desvendar: qual a relação da morte do diretor com os Manuscritos? Quem o teria assassinado? Seria a mesma pessoa que está enviando as mensagens ameaçadoras a Ivan? Nas próximas páginas, acompanhe as investigações desses três personagens: você vai se surpreender com uma história cheia de mistério e suspense!

Conhecendo **Luis Eduardo Matta**

Luis Eduardo Matta nasceu no Rio de Janeiro, em 1974. Iniciou sua carreira literária aos 18 anos de idade, quando publicou *Conexão Beirute-Teeran*, um romance com muito suspense ambientado no Líbano, país de origem de seu pai. Em 2003, lançou *Ira implacável: indícios de uma conspiração*, uma trama de espionagem sobre uma grande intriga terrorista tendo o Brasil e o Oriente Médio como cenários. Em 2005, publicou *120 horas*, um romance de ação e suspense em que a morte de um físico brasileiro, envolvido no programa nuclear da Síria, é o estopim para uma série de acontecimentos macabros.

O escritor também se dedica à redação de artigos e ensaios, que publica em *sites*, jornais e revistas especializadas, e em que defende uma literatura adulta sem pretensões intelectuais, destinada ao entretenimento, com muita ação e suspense. Apaixonado desde o início da adolescência pelos romances de espionagem, em seus livros Luis Eduardo sempre procura garantir o interesse do leitor com tramas bem entrelaçadas, repletas de reviravoltas. E aos seus enredos cheios de surpresas alia exaustivas pesquisas sobre o tema que pretende desenvolver, levando assim aquele "algo a mais" aos seus leitores.

Seguindo essa mesma linha, o autor passou meses estudando o mito de Atlântida para compor o enredo deste livro — seu primeiro destinado ao público juvenil. E, ao aliar esse grande enigma da humanidade ao misterioso assassinato de um diretor de escola, conseguiu elaborar uma trama eletrizante, que prende a atenção dos leitores do primeiro ao último capítulo.

© Marcio Rodrigues

Sumário

1. Um cadáver na hora do recreio — 7
2. A história definitiva da civilização — 12
3. Os Manuscritos de Éfeso — 17
4. Na casa da prima megera — 30
5. Oração para o mestre — 37
6. Hóspede ou prisioneiro? — 45
7. Ivan tem uma ideia — 51
8. Oito cartas de uma só vez — 59
9. Investigação na calada da noite — 67
10. Uma expulsão mal contada — 76
11. A suspeita mudança do vizinho — 86
12. O homem de capuz — 91
13. Tensão na garagem — 99
14. Embarque para Atenas — 105
15. A mirabolante história de um crime — 121

1 UM CADÁVER NA HORA DO RECREIO

Era a última segunda-feira de março e o sol brilhava forte sobre a manhã quente e abafada do Rio de Janeiro. No Colégio Educandário Dois Irmãos, na rua Marquês de São Vicente, bairro da Gávea, Ivan foi o último da turma a descer para o recreio e, quando chegou, o pátio já estava cheio e o vozerio animado dos colegas se espalhava por toda parte. Ivan tinha catorze anos e estudava no nono ano. Sua irmã, Sofia, era quase dois anos mais nova e cursava o oitavo.

Eles aproveitavam a hora do recreio para se sentar sob a copa frondosa da amendoeira que ficava bem no centro do pátio e conversar com os amigos, enquanto comiam o lanche preparado por tio Fausto, com quem eles moravam. Era uma boa maneira de enganar o estômago até a hora do almoço. Mas naquela manhã o garoto não estava com fome. Ele nem sequer se dera ao trabalho de apanhar o lanche na mochila. Sofia, que sabia muito bem o que estava acontecendo, terminou de mastigar um pedaço do seu sanduíche e perguntou:

— A que horas você marcou com o diretor?

Ivan mordeu os lábios:

— Às dez e quinze. Faltam cinco minutos. Estou aflito. Por mim, teria falado com ele mais cedo, antes de subir para a primeira aula. Só que seu Moacir só aparece na escola por volta das nove, nove e meia. Dizem que há anos o diretor cumpre com rigor o mesmo ritual, que já virou até um folclore. Ele chega, senta-se à mesa do seu gabinete, faz uma longa oração, come alguma coisa que o secretário dele, Geraldo, prepara na copa e só depois é que começa a trabalhar.

— Você encontrou mais um daqueles bilhetes hoje embaixo da sua carteira? — indagou Sofia, após um breve silêncio.

Ivan fez que sim com a cabeça.
— Posso ver?

Ele olhou para os lados a fim de se certificar de que ninguém estava vendo e, disfarçadamente, puxou o papel dobrado de um dos bolsos da calça, passando-o para Sofia. Ela abriu e leu o texto, impresso em letras grandes de computador:

SUMA DAQUI PARA SEMPRE E FIQUE CALADO
OU IRÁ SE ARREPENDER!

Sofia estremeceu por dentro. Dobrou novamente a folha e a devolveu ao irmão.
— Há quanto tempo estão te mandando essas ameaças?
— Desde quarta-feira passada. Por coincidência, um dia depois que o tio Fausto esteve aqui para se encontrar com o diretor. É isso que está me deixando preocupado e é principalmente por esse motivo que eu quero muito falar com o seu Moacir. Por que alguém iria me escrever essas coisas horríveis, assim, de uma hora para outra? Será que tem alguma relação com a visita que o nosso tio fez a ele?

Sofia achava que não. Só um gênio conseguiria entender a conversa maluca e sem pé nem cabeça que o tio Fausto tivera com o diretor. Isto, é claro, se alguém tivesse como escutá-la, já que o encontro acontecera a portas fechadas no gabinete de seu Moacir, depois do fim do turno da manhã. Sofia e Ivan foram praticamente arrastados para lá pelo tio, que jurara que a conversa não iria durar mais que "cinco minutinhos". Mas os dois acabaram ficando quase uma hora aboletados no pequeno sofá do gabinete, enquanto tio Fausto e seu Moacir tagarelavam, entusiasmados, sobre alguns assuntos mirabolantes, meio difíceis de compreender. Até em grego eles conversaram! Sofia forçou a memória e se lembrou do tio interessadíssimo em saber detalhes de uma viagem que o diretor tinha acabado de fazer à Grécia. Lembrou-se também de que eles mencionaram várias vezes o nome de um filósofo que viveu muitos anos antes de Cristo e, em especial, uns tais manuscritos antigos, perdidos há muitos séculos, sobre os quais o seu tio já havia falado antes, embora nem ela nem Ivan, como sempre, tivessem prestado muita atenção. No fim da reunião, seu Moacir dera um CD de presente a tio Fausto, que só poderia ser usado num computador e que deveria ser guardado "com muito cuidado".

— Para mim, esses bilhetes não passam de uma brincadeira sem graça de alguém querendo te assustar — disse Sofia. — De qualquer maneira, por que você não pergunta diretamente ao seu Moacir o que ele e o tio Fausto tanto conversaram?

— É uma boa ideia. Vou fazer isso. Nem que seja só para ter certeza de que o encontro dos dois nada tem a ver com essas ameaças — Ivan olhou o relógio e se levantou. — Bem, está na hora. Deseje-me sorte.

Sofia se levantou também.

— Eu vou com você, para dar uma força.

A hora do recreio transcorria na mais absoluta normalidade. À direita do pátio, perto do acesso para as salas do jardim de infância, estava o grupinho de meninas fofoqueiras do oitavo ano, lideradas pela abominável Lorena, que orgulhosamente se autodenominava "a patricinha número um da Gávea". Esse grupo gastava o tempo praticando seus esportes favoritos: falar mal dos outros e esnobar os garotos que, eventualmente, aproximavam-se para puxar um papo. Do lado oposto, os trogloditas: Otto, que estudava na sala de Ivan, e Vinícius, do primeiro ano do ensino médio. Os dois começavam mais uma vez a brincadeira estúpida de um jogar o outro contra a parede e, em seguida, brigar para ver quem era o mais ágil e forte. Isso acontecia desde o início do ano letivo, pelo menos duas vezes por semana, a ponto de já terem sido apelidados pelos colegas de "Troglo" e "Dita". Não demoraria para que dona Dilma, a coordenadora da manhã, aparecesse esbaforida no pátio para separá-los e levá-los até

a sua sala, onde lhes passaria o mesmo longo sermão de sempre, que, no fim das contas, de nada adiantaria.
Ivan e Sofia saíram do pátio e seguiram pelo corredor que levava à diretoria. O local estava vazio e silencioso, bem diferente da algazarra que quase fazia tremer o chão do lado de fora. Eles se aproximaram da porta dupla que dava para a sala onde trabalhava Geraldo, o secretário calvo e corpulento do diretor, e esticaram a cabeça para dentro.
— Será que o seu Moacir pode me atender agora? — perguntou Ivan.
Sentado à sua mesa, Geraldo sorriu e fez um gesto com a mão para eles entrarem.
— Você chegou na hora certa. O senhor Moacir já deve ter terminado de lanchar — ele se levantou apontando para um sofá encostado na parede. — Sentem-se aí e esperem, enquanto eu vou lá falar com ele. Qual é mesmo o seu nome?
— Ivan Seabra. Sou aluno do nono ano.
Geraldo deu duas batidinhas de leve na porta e logo entrou no gabinete do diretor. A porta nem bem havia se fechado, e Ivan e Sofia ouviram a voz grossa do secretário soltando um grito pavoroso, um grito de horror. Os dois se levantaram num pulo quando o viram saindo de lá agitado, com o rosto pálido e os olhos esbugalhados.
— O que aconteceu? — perguntou Ivan, sem entender nada.
— O senhor Moacir — respondeu Geraldo, trêmulo feito geleia. — Ele está... ele está caído no chão... Desmaiado. Ai, meu Deus! Acho que ele teve um treco!
Mais apavorados do que qualquer outra coisa, Ivan e Sofia correram para dentro da sala e encontraram seu Moacir estatelado no chão atrás da escrivaninha, de barriga para o chão, o rosto virado para o lado, a boca e os olhos entreabertos e imóveis. O braço direito estava esticado para a frente e a mão segurava uma pera apetitosa e avermelhada, mordida num dos lados. O resto do lanche, acomodado numa bandeja sobre a mesa, estava praticamente intocado.

Ivan e Sofia correram para dentro da sala e encontraram seu Moacir estatelado no chão.

A ambulância chegou em quinze minutos. Ivan e Sofia ouviram o médico dizer a Geraldo que Moacir Portela, dono e diretor do Colégio Educandário Dois Irmãos, estava morto. E que, provavelmente, a pera que ele havia comido tinha sido envenenada.

Por ordem da coordenadoria, as aulas naquele dia foram interrompidas e os alunos, liberados. Em estado de choque, Ivan e Sofia saíram da escola e foram para casa a pé.

"Que horror... Alguém envenenou o seu Moacir!", não paravam de pensar. Ivan puxou o papel com a mensagem ameaçadora do bolso e olhou para Sofia. A visita de tio Fausto, semana passada, aqueles bilhetes que começaram a chegar de repente e agora a morte misteriosa do diretor... Em silêncio, eles concordaram que coisas estranhas estavam realmente acontecendo. Era hora de o tio Fausto prestar alguns esclarecimentos.

2 A HISTÓRIA DEFINITIVA DA CIVILIZAÇÃO

O trajeto entre a escola e a casa era curto. Ainda sob a sombra das árvores da rua das Acácias, antes de dobrarem a esquina, Ivan e Sofia já podiam ouvir a voz inconfundível do tio Fausto. Ele devia estar num daqueles momentos de empolgação no meio do trabalho, quando parava um pouco de escrever para recitar textos e versos em voz alta. Em geral, em algum dos muitos idiomas estranhos que conhecia: latim, grego clássico, copta, aramaico, tupi-guarani... Eram estranhos porque há séculos não eram falados em nenhum país. Eram línguas antigas, pertencentes a povos antigos, e que não tinham nenhuma função prática no mundo de hoje. Mas tio Fausto não pensava assim. Ele não só era louco por essas línguas, como afirmava que elas o ajudaram muito no seu grande projeto de vida: escrever *A história definitiva da civilização*. Era um livro enorme, de milhares de páginas, no qual tio Fausto estava trabalhando havia anos e que pretendia dar uma versão final e inquestionável sobre tudo que fosse relativo à origem e à evolução da humanidade, descrevendo em minúcias todos os momentos históricos, como eles aconteceram realmente.

A casa onde eles moravam, na rua dos Oitis, ficava perto da esquina. Era uma construção espaçosa e acolhedora, de dois andares, que precisava de algumas pequenas reformas, além de estar sempre meio bagunçada. Ivan e Sofia se mudaram para lá ainda pequenos, logo depois que seus pais, Cristóvão e Verônica, desapareceram, dez anos atrás, durante uma expedição ao Monte Everest, a montanha mais alta do mundo.

Tio Fausto, hoje com quarenta e sete anos, era o único irmão de Cristóvão e, na época, estava começando a escrever as primeiras linhas de *A história definitiva da civilização*, graças a uma bolsa obtida em uma instituição privada de amparo à pesquisa, a Fundação Guaporé, criada pelo seu avô e dirigida pelo professor Valverde, que foi o seu orientador na dissertação de mestrado em História Antiga e Medieval (só mesmo esse motivo para explicar o patrocínio da instituição para uma pesquisa que se estendia havia tanto tempo). Para acomodar os sobrinhos, o tio fez uma rápida reforma em sua casa, dividindo em dois um quarto enorme no segundo andar. Esse imóvel, herança dos avós de tio Fausto, sempre fora objeto de cobiça de sua prima milionária, Carola Altieri, uma megera megalomaníaca que sonhava em expulsar todos de lá para derrubar o sobrado e construir, no lugar, um edifício de alto luxo para ricaços.

Ivan e Sofia abriram a porta e entraram na casa. Da sala, ouviram a voz empolgada do tio Fausto vinda do escritório, declamando frases em latim:

— *Conflictatus autem est cum adversâ fortunâ...*

Na cozinha, Ruth prosseguia com seu trabalho, como se nada de estranho estivesse acontecendo. Ruth era a cozinheira e governanta da casa fazia anos. Tinha sessenta anos, era baixa e usava os cabelos alourados sempre presos sob um lenço estampado. Ela apareceu na sala, enxugando as mãos num pano de prato, e olhou surpresa para os dois.

— Chegaram mais cedo hoje... O que aconteceu?

Lá dentro, o tio continuava recitando, entusiasmadíssimo, com a voz insuportável de um desafinado cantando debaixo do chuveiro:

— *Post id factum, nunquam is animo placari...*

— Explicamos depois — respondeu Ivan, virando-se para olhar rumo à porta do escritório. — Nosso tio, pelo visto, está num daqueles dias "inspirados".

Ruth soltou uma risada e voltou para a cozinha, de onde chegava o aroma do feijão que ela estava preparando na panela de pressão. Ivan e Sofia bateram na porta do escritório, mas o tio, distraído com as próprias palavras, não escutou. Eles, então, meteram a mão na maçaneta e entraram.

Tio Fausto era um homem de estatura média, cabelos fartos, começando a ficar grisalhos, e usava óculos pesados de armação grossa e lentes quadradas. Ele estava sentado à escrivaninha com um livro enorme aberto à sua frente, e ao seu lado havia uma pilha de papéis escritos à mão.

— *In quo praelio...* — ele parou subitamente de declamar e olhou espantado para os sobrinhos parados sob o batente da porta. — Eu já não disse para vocês nunca entrarem sem bater?

— Mas a gente bateu, tio — disse Sofia. — Você é que não escutou.

Tio Fausto olhou o relógio de pêndulo em cima da escrivaninha.
— São onze horas... Vocês não deveriam ainda estar na escola?

Ivan jogou a mochila no chão e se sentou numa das poltronas em frente da mesa. Sofia ficou de pé.
— Liberaram os alunos mais cedo hoje. Aconteceu uma coisa horrível. O diretor da escola foi envenenado.

Tio Fausto quase pulou da cadeira:
— O Moacir Portela? Envenenado?

Os sobrinhos balançaram a cabeça afirmativamente. Fora de si, o tio se atirou no aparelho de telefone.
— Meu Deus, eu pretendia me encontrar com ele de novo nos próximos dias. Ele disse que tinha informações preciosas para me dar. Para que hospital ele foi levado?
— Para nenhum — respondeu Sofia. — O seu Moacir morreu, tio. Você não ouviu o Ivan falar? Ele foi envenenado. En-ve-ne-na-do.

Tio Fausto largou o telefone e deixou-se cair na cadeira.
— Minha nossa... Isso é terrível! — Ele levou as mãos à cabeça: — Por que alguém faria uma coisa dessas com um homem tão pacato?
— É isso o que a gente quer saber de você — disse Sofia.

Tio Fausto arregalou os olhos:
— De mim? Por quê?

Ivan respondeu com uma certa ironia:
— Porque, desde o dia em que você esteve com ele lá na escola, começaram a acontecer coisas esquisitas. Eu passei a encontrar, todos os dias, embaixo da minha carteira, umas mensagens me ameaçando. Aí, hoje, no dia em que eu decido contar tudo ao diretor e pedir para ele fazer alguma coisa, ele é envenenado e morre. Não é estranho, tio Fausto? Não é coincidência demais?

— Você está querendo me dizer que recebeu ameaças depois da minha visita ao Moacir? — perguntou tio Fausto, ainda mais apavorado. — Que espécie de ameaças?

Ivan abriu a mochila, tirou o papel dobrado e entregou ao tio, que em seguida o leu com os olhos tão esbugalhados, que pareciam querer saltar das órbitas.

SUMA DAQUI PARA SEMPRE E FIQUE CALADO
OU IRÁ SE ARREPENDER!

Tio Fausto olhou estarrecido para o sobrinho:
— Por que você não me falou nada sobre isso antes, Ivan?
— Porque eu achei, no começo, que fosse brincadeira de algum idiota da minha turma. Só no sábado, quando recebi, pelo correio aqui em casa, uma carta com outra mensagem igual a essa, é que comecei a ficar com medo de verdade. Então decidi que precisava conversar com o diretor antes de tudo e mostrar isso a ele.

Tio Fausto se recostou na cadeira. Estava visivelmente tenso. Sofia se aproximou dele devagar e perguntou, com uma voz de quem não quer nada:

— Tio, conta pra gente, por favor: isso tudo o que está acontecendo pode ter alguma coisa a ver com o encontro que você teve com o seu Moacir na semana passada? Se tem, diz o que é, para a gente, pelo menos, ter uma noção da situação.

— Vocês estavam lá no dia — respondeu tio Fausto. — E, pelo visto, não prestaram mesmo nenhuma atenção no que eu e ele conversamos. É lamentável. Como é que dois adolescentes crescidos como vocês podem ser tão avoados?

— Não muda de assunto, tio — disse Ivan. — Pela sua cara de preocupação, você sabe o que pode ter causado a morte do diretor e está resistindo em nos contar.

— Vocês querem mesmo saber, não é? — tio Fausto se ergueu da cadeira, fitando os dois com um olhar desafiador.

— Pois então sentem-se que eu vou contar. Mas, primeiro, prometam manter segredo. Ninguém, além de nós, deve saber dessa história.

Os dois balançaram a cabeça em concordância.

— Vá em frente, tio — concordou Ivan. — Temos tempo para ouvir. O almoço ainda vai demorar para sair.

Ele e Sofia se sentaram. Tio Fausto pigarreou, sem saber direito por onde começar.

3 OS MANUSCRITOS DE ÉFESO

— **E**xiste uma lenda — disse tio Fausto, após um breve silêncio —, na verdade, uma lenda antiga, muito antiga, que atravessou gerações e ainda hoje permanece um enigma. Ela fala de uma terra bela e dourada, habitada por uma civilização muito desenvolvida e que afundou no mar há centenas, talvez milhares de anos, desaparecendo para sempre.

Vocês já devem ter ouvido falar na lenda de Atlântida, o continente perdido.
Os sobrinhos fizeram que sim com a cabeça.
— A história de Atlântida foi revelada pela primeira vez, há cerca de dois mil e quinhentos anos, por Platão, um filósofo que viveu na Grécia antiga por volta de quatrocentos anos antes do nascimento de Cristo.
— O que é um filósofo? — indagou Sofia.
— Boa pergunta. Um filósofo é um pensador que dedica a vida a refletir sobre o mundo, as pessoas, o sentido da vida, a alma humana... Um grande filósofo tem ideias que podem mudar os rumos da sociedade e até mesmo da humanidade. Platão foi um filósofo brilhante e aluno de um outro filósofo ainda mais extraordinário chamado Sócrates, que muita gente considera o homem mais sábio que já passou pelo nosso planeta em todos os tempos.

Ivan e Sofia se entreolharam disfarçadamente, ainda sem entender o que tudo aquilo tinha a ver com o envenenamento de seu Moacir.

— Em dois dos seus textos, Platão fala de Atlântida como um poderoso império, que teria existido há mais de dez mil anos, com um avançado desenvolvimento tecnológico e um alto nível cultural. Graças a Platão, a crença na existência dessa civilização perdida, engolida pelas águas, atravessou os séculos e chegou até os dias de hoje.

Ivan, então, desviou os olhos para a pequena cômoda, encostada na parede perto da janela, sobre a qual repousava um busto de mármore de um homem de olhar tristonho, barba comprida e cabelo meio desgrenhado, penteado para os lados e para a frente. Na base, um nome vinha esculpido em letras pequenas. Na verdade, três versões do mesmo nome, gravadas respectivamente em português, latim e grego:

Platão — Plato — Πλάτωνα

— Esse é Platão? — Ivan apontou para a escultura com o dedo indicador.

— É ele mesmo — confirmou tio Fausto.
— E Atlântida existiu de verdade, ou não passa mesmo de uma lenda? — perguntou Sofia.
— É aí que eu quero chegar! — exclamou tio Fausto. — Até hoje há um grande mistério em torno do mito de Atlântida. Eu, pessoalmente, tenho certeza de que Atlântida existiu, embora tenha dúvidas quanto à data em que ela afundou. Platão fala em mais de dez mil anos atrás. Mas talvez o continente tenha desaparecido há menos tempo do que isso. Eu tenho uma teoria. E ela tem a ver com as pirâmides do Egito, uma das sete maravilhas do mundo antigo, até hoje de pé lá no meio do deserto. As pirâmides são construções geometricamente perfeitas, perfeitas até demais, principalmente levando-se em conta a época em que elas foram erguidas, há cerca de quatro mil e quinhentos anos. Se mesmo hoje, com todos os avanços tecnológicos que nós temos no mundo, seria complicado colocar aquelas pirâmides de pé, imaginem mais de quatro mil anos atrás, quando quase não havia recursos de engenharia. Muita gente defende a ideia de que elas foram construídas com o auxílio de extraterrestres. A minha teoria, no entanto, é bem menos mirabolante: eu acredito que alguns sobreviventes de Atlântida conseguiram chegar ao Egito depois que o continente foi engolido pelos mares. E foi graças a eles, aos atlantes e aos seus avançados conhecimentos matemáticos e de engenharia, que os egípcios conseguiram erguer obras de arquitetura complexa e incrivelmente precisa como as pirâmides e a Esfinge de Gizé. Ou seja: para mim, o fim de Atlântida teria ocorrido entre quatro mil e quinhentos e cinco mil anos atrás.

Todo aquele relato era fascinante, mas Ivan e Sofia continuavam sem compreender que relação Atlântida poderia ter com a morte do diretor da escola. Eles continuaram prestando atenção, certos de que o tio ainda não estava totalmente maluco e que tudo o que ele falava logo começaria a fazer sentido.

— Há mais ou menos quinze anos, quando comecei a escrever *A história definitiva da civilização*, eu viajei à Europa para fazer as primeiras pesquisas sobre as origens da civilização. Um irmão do meu avô, o tio Antônio, que está vivo até hoje, já era, naquela época, um cardeal importante, muito ligado ao Papa. Ele morava em Roma, a capital da Itália, e me convidou para passar uma temporada com ele. Eu tinha falado do projeto do livro, das pesquisas que precisava fazer na biblioteca do Vaticano, e ele se ofereceu para me apresentar pessoalmente ao monsenhor Mazzini, que era o diretor da biblioteca. O Vaticano, como vocês sabem, é a sede da Igreja Católica, é o menor Estado independente do mundo e está localizado na cidade de Roma. O monsenhor era um homem idoso, sério, mas muito amável. Ele gostou de mim e passamos a ter longas conversas em latim. Numa dessas conversas eu contei a ele sobre minha intenção de escrever *A história definitiva da civilização* e ele, então, me revelou um segredo que estava guardado nos arquivos secretos da biblioteca do Vaticano, aos quais o público não tinha acesso. Eram documentos, escritos há centenas de anos, que falavam de uma urna magnífica. Uma urna em forma de pirâmide, feita de ouro e cobre e cravejada de cristais, encontrada na antiga cidade de Éfeso, na Turquia, durante a construção da Basílica de São João, no ano de 535. Éfeso foi uma importante cidade da Antiguidade. Nela viveu Nossa Senhora, mãe de Jesus Cristo, e a casa onde ela morou foi, mais tarde, transformada numa igreja.

— Uma urna...? — perguntou Ivan.

— Sim. Uma urna é um pequeno baú. Quando a construção da basílica foi iniciada, um sacerdote grego de passagem por Éfeso, chamado Anácrito, percebeu, no meio da terra escavada, um grande jarro de cerâmica. A urna estava guardada dentro desse jarro. Anácrito ficou impressionado, pois aquilo não se parecia com nada que ele já tivesse visto na vida. Na biblioteca do Vaticano, o monsenhor Mazzini me mostrou um documento, escrito por Anácrito em grego e, depois, traduzido para o latim, descrevendo detalhadamente a urna, inclusive com desenhos que mostravam o seu formato: uma pirâmide perfeita, esculpida com figuras em relevo que mostravam homens lutando com touros, um mapa detalhado do céu, com estrelas e planetas bem definidos, e até o protótipo de um aeroplano, que Anácrito confundiu com um "pássaro franzino sem cabeça". Afinal, o avião só foi inventado no início do século XX por Santos Dumont, mais de mil e trezentos anos depois.

Tio Fausto, então, levantou-se e começou a andar devagar pelo escritório, agitando os braços, enquanto continuava o relato:

— O que, no entanto, deixou Anácrito mais impressionado foi o que ele encontrou na urna. Havia vários artefatos, todos bastante curiosos e alguns muito estranhos, que não se pareciam com nada que ele já tivesse visto. Anácrito descreveu, entre outras coisas, algumas joias de ouro, ônix e opala com pedras e pingentes em forma de cabeças de touro, pequenas esculturas que pareciam retratar divindades desconhecidas e várias miniaturas de pirâmides transparentes que brilhavam com incrível intensidade quando postas sob a claridade. No relato dele, há ainda uma menção detalhada a um objeto incomum composto de duas lâminas finas e redondas de vidro, envolvidas e interligadas por uma haste grossa de um "metal parecido com o cobre". Essas lâminas se encaixavam perfeitamente com o formato dos olhos e melhoravam a visualização de imagens e objetos, corrigindo os problemas de visão e facilitando a leitura. Percebem do que estou falando?

— Só pode ser dos óculos — respondeu Sofia.

— Exatamente. Anácrito descobriu, sem saber, um autêntico par de óculos dentro da urna. Agora, o mais incrível: naquela época, em pleno século VI, os óculos ainda não tinham sido inventados. Eles só foram criados, na Itália, cerca de setecentos anos depois, no século XIII. A pergunta então é: se eles ainda não existiam, como poderiam estar naquela urna misteriosa?

Ivan e Sofia se entreolharam sem saber o que responder. Tio Fausto prosseguiu:

— Mas isso não é tudo. Mais surpreendente do que esses óculos era o que estava bem no fundo da urna e que deixou Anácrito verdadeiramente surpreso. E essa foi a maior descoberta de todas. A mais importante e a mais misteriosa.

Tio Fausto caminhou até a janela e colocou os braços para trás. Em silêncio, ficou admirando o jardim do lado de fora. Dois bem-te-vis, cantando insistentemente, tinham acabado de pousar num galho comprido da velha pitangueira, cuja folhagem sacolejava ao sabor da brisa constante.

Os sobrinhos olharam indignados para o tio. Justamente no clímax do relato, ele resolvera parar para apreciar pássaros.

— A descoberta... — disse Ivan, aflito de curiosidade. — Qual foi a descoberta misteriosa que Anácrito fez?

Tio Fausto deu uma risadinha:

— Estava esperando que me perguntassem isso. Vocês não fizeram quase nenhum comentário desde que eu comecei a falar. Pensei que não estivessem interessados.

— Vamos, tio — pediu Sofia. — Conte logo de uma vez.

Tio Fausto voltou a se sentar à mesa e apanhou o primeiro livro que viu pela frente, erguendo-o com a mão direita.

— Sabem o que é isto?

Ivan fez uma careta sarcástica:

— Não tenho a menor ideia. Será uma bola de basquete?

Tio Fausto fez uma careta mais feia ainda:

— Engraçadinho. É claro que isto é um livro. Vocês não queriam saber a última descoberta da urna? Pois foi isso: manuscritos na forma de um livro, feito com páginas grossas de couro vermelho envernizado e unidas, nas bordas, por uma fileira de anéis de ouro, como se fosse um caderno. O livro nesse formato que nós conhecemos, encadernado, com capa, páginas numeradas e costuradas em sequência, era, naquela época, uma invenção ainda bastante recente. Antes, os textos eram escritos em rolos de papiro e guardados em cilindros de madeira. Tudo leva a crer que a urna foi enterrada em Éfeso muitos séculos antes de Anácrito a encontrar. Se isso for verdade, como, então, um livro foi parar dentro dela? Sofia, por um momento, pensou que a pergunta tinha sido dirigida a ela. Ficou aliviada quando o tio recomeçou a falar:

— O livro, porém, não era o mais importante e, sim, o que havia nele. E esse é o maior enigma de todos. Segundo Anácrito, as páginas eram manuscritas num alfabeto que não se parecia com nenhum outro que já tivesse existido naquela região. Ele, que era um homem culto e que conhecia várias línguas, não conseguiu entender uma mísera sílaba grafada no livro. Além disso, ele encontrou um mapa que indicava a localização de uma grande ilha desconhecida. Anácrito tinha certeza de que, se pudesse traduzir pelo menos uma parte dos manuscritos, descobriria o que significava todo o tesouro e, principalmente, a que povo ele pertencia. Durante anos ele tentou, mas morreu sem conseguir. Esses manuscritos podem conter uma grande revelação sobre a origem da humanidade. Fatos que, ainda hoje, continuam desconhecidos sobre o passado da raça humana. Por isso eles são mais importantes do que os demais objetos encontrados em Éfeso, inclusive a própria urna. E, por serem tão mais importantes, acabaram dando nome a todo o tesouro, que ficou conhecido como "Os Manuscritos de Éfeso".

— E que grande revelação sobre a origem da humanidade seria essa? — perguntou Ivan.

— Tudo indica que os Manuscritos de Éfeso são a prova documental de que a civilização perdida de Atlântida existiu.

Os adolescentes arregalaram os olhos de espanto.

— Será mesmo, tio? — indagou Sofia. — Como você pode ter certeza disso?

— Ah, minha querida... Eu venho estudando sobre isso há tantos anos... Foi o próprio Anácrito o primeiro a admitir essa hipótese. A urna com os Manuscritos teria sido enterrada em Éfeso por algum sobrevivente da destruição de Atlântida, muitos séculos antes da era cristã. Não um sobrevivente qualquer, pois a urna é um verdadeiro tesouro e deve ter pertencido a alguém muito importante em Atlântida. Talvez até a um rei. Além do mais, há alguns detalhes na urna e nas joias que têm a ver com descrições feitas por historiadores e pelo próprio filósofo Platão sobre algumas características marcantes da civilização atlante.

— O quê, por exemplo? — quis saber Sofia.

— É só ver que espécie de objetos foi encontrada na urna. As figuras de touros, por exemplo. Platão conta que um dos passatempos mais comuns entre os nobres de Atlântida era a caça de touros selvagens usando cordas. Parece que o touro era um animal muito valorizado por lá. Tem também o mapa estelar. Existe uma crença de que os atlantes eram grandes estudiosos da astronomia. Já o aeroplano, representado na urna, pode indicar que em Atlântida alguém havia conseguido, há milhares de anos, desenvolver um tipo de aeronave leve, parecido com uma asa-delta. E não podemos nos esquecer dos cristais. Os atlantes, ao que tudo indica, eram grandes conhecedores da ciência dos cristais, o que lhes dava um poder incrível. Não sei se vocês sabem, mas os cristais são grandes condutores e transformadores de luz e energia. Relógios, satélites, radares, computadores, raios *laser*, toda essa tecnologia utiliza os cristais para funcionar. Se os Manuscritos de Éfeso forem encontrados e decifrados, poderemos comprovar se essas histórias são verdadeiras e descobrir se Atlântida foi, de fato, a civilização desenvolvida que desapareceu no fundo do mar milhares de anos antes de Cristo.

Ivan estava completamente hipnotizado pelo que o tio contara. Por um momento, até se esquecera da morte de seu Moacir. "Puxa vida... Atlântida!", pensava enquanto imaginava o seu próprio tio envolvido na solução de um dos maiores mistérios de todos os tempos. E tudo o que ele precisava

era encontrar um pequeno baú com uns manuscritos. Seria assim uma missão tão difícil?

— Você tem alguma ideia de onde os Manuscritos possam ter ido parar? — o garoto perguntou.

— Existem algumas pistas. Anácrito ficou poucos anos em Éfeso e depois se mudou com os Manuscritos para Constantinopla, que era a cidade mais importante daquela época. Na Biblioteca do Vaticano, encontrei um pequeno documento, datado do ano 1013, que descrevia a urna e os Manuscritos e dizia que eles estavam guardados na antiga Biblioteca de Constantinopla. Essa biblioteca sofreu um violento ataque no ano de 1204, durante as Cruzadas. Mas, quando isso aconteceu, é provável que os Manuscritos não estivessem mais lá. Eu tive a chance de ler alguns relatos que descreviam um objeto com as mesmas características da urna e que teria aparecido em lugares diferentes, em épocas diferentes: em 1132, em Damasco; em 1245, em Bagdá; em 1360, em

Colônia; por volta de 1500, em Veneza... Isso talvez indique que os Manuscritos de Éfeso foram levados de um lugar para o outro ao longo dos anos e escondidos para não serem roubados ou destruídos.

— Será que eles ainda existem, tio? — indagou Sofia.

— Depois de tantos anos desaparecidos, quem garante que os Manuscritos estejam em algum lugar, inteiros e esperando por você?

— A resposta para essa pergunta eu venho procurando há quinze anos, Sofia. Os Manuscritos podem realmente não existir mais. Alguém, talvez, tenha se apoderado da urna e vendido seus itens separadamente. Os Manuscritos, por sua vez, podem ter se deteriorado com a ação do tempo. O que me dá esperanças de que a urna continue intacta com todos os seus objetos é que não há, nem nunca houve, nos acervos dos grandes museus do mundo, nenhuma peça semelhante às descritas por Anácrito. Se não há nenhuma peça nos museus, é porque talvez elas não tenham sido vendidas, e se não foram vendidas é porque, provavelmente, nunca foram localizadas. Ou seja: o tesouro pode, sim, estar inteiro e oculto em algum lugar. Até porque pouca gente conhece essa história. Se vocês, por exemplo, fizerem uma busca na internet, em qualquer idioma, não descobrirão nenhum *site* que fale dos Manuscritos de Éfeso, da urna ou de Anácrito. É um dos grandes segredos do mundo moderno, muito bem guardado na Biblioteca do Vaticano.

— Tudo bem, tio Fausto. — Sofia passou a mão nos cabelos. Achou-os meio secos. Assim que terminasse o almoço, tomaria um banho e, quem sabe, os tingiria com aquela tintura ruiva que comprara numa farmácia no sábado. — A história que você contou é muito boa, mas o que a gente quer saber é o que esses... Manuscritos de Éfeso podem ter a ver com o envenenamento do diretor da nossa escola.

Tio Fausto olhou de esguelha para Ivan, que, em silêncio, esperava por uma resposta, tão ansioso quanto a irmã.

— Vocês tinham me perguntado, logo que entraram aqui, sobre o que eu e o Moacir Portela conversamos na semana passada, no gabinete dele lá na escola. O conteúdo daquele bate-papo é o mesmo que nós estamos falando aqui: Manuscritos de Éfeso, Atlântida, Platão, Anácrito... Há um mês, o Moacir viajou à Europa. Ele esteve em Atenas, na Grécia, para participar de um congresso internacional sobre educação nas escolas e se encontrou com o professor grego Kostas Kostalas, um dos maiores especialistas mundiais na lenda de Atlântida e que conhece melhor do que eu a história dos Manuscritos de Éfeso. Há anos que eu tento entrar em contato com esse professor, mas ele vive recluso em sua casa em Atenas, quase não tem amigos e nunca respondeu aos meus telefonemas e cartas. Na última reunião de pais e professores, o Moacir me contou que tinha feito essa viagem e conhecido o professor Kostalas. Ele acabou, inadvertidamente, me convidando para conversarmos na escola. Lá, não resisti e expus a minha situação. O diretor prometeu, então, me dar mais informações sobre o professor e quem sabe até tentar me colocar em contato com ele, já que os dois haviam se entendido "muito bem". No final, como vocês devem se lembrar, o Moacir me presenteou com um CD e o encontro se encerrou aí.

— Você chegou a ouvir o CD? — indagou Sofia, curiosa.

— Não, porque é um CD-ROM, que só funciona num computador, e o nosso está no conserto desde a semana passada, quando houve aquela pane repentina. O técnico prometeu entregá-lo até sexta-feira.

— Quer dizer, então, que a conversa que você teve com o seu Moacir foi só essa? — perguntou Ivan, após algum silêncio.

— Só — assentiu tio Fausto, placidamente. — Foi só essa.

Ivan não disfarçou uma certa decepção. Ele pensava que o tema do encontro tivesse sido mais sinistro; o diretor, por exemplo, confessando ter recebido ameaças de morte ou algo parecido.

— Mas será que você vai ganhar alguma coisa entrando em contato com esse professor, tio? — especulou Sofia. — Você não acha que, apesar de todo o segredo, outras pessoas podem estar procurando pelos Manuscritos de Éfeso? E que alguma delas já pode até tê-los encontrado?

Tio Fausto se inclinou para a frente, apoiando os braços sobre a mesa.

— Se alguém encontrou os Manuscritos, eu não sei. Mas que existe uma pessoa... aliás, uma pessoa muito próxima de nós, que está louca para colocar as mãos neles e que para isso tem se empenhado bastante, disso eu tenho certeza. Sabem quem é? A nossa prima Carola, "a megera".

— A prima Carola?! — exclamaram os dois sobrinhos em coro.

— Ela mesma. E isso está me deixando ressabiado. A prima Carola tem espiões agindo por toda parte a seu serviço e pode muito bem ter descoberto a viagem do diretor e o encontro dele com o professor Kostas Kostalas.

— Como a prima Carola ficou sabendo dos Manuscritos? — perguntou Ivan.

— Essa é uma história muito, mas muito comprida — disse tio Fausto, franzindo o cenho. — Mas, resumindo: com a morte dos meus avós, que também eram avós da Carola, essa casa, que era deles, foi deixada para mim como herança. Inconformada, Carola decidiu, então, casar-se com um magnata italiano chamado Orlando Altieri, que vivia há muitos anos no Brasil. Na ocasião, Carola tinha 35 anos e Orlando, 78. Ou seja, ele era 43 anos mais velho do que ela. Orlando morreu seis meses depois do casamento, de causas até hoje não esclarecidas.

— Você acha que a prima o matou? — murmurou Sofia.

O tio sacudiu os ombros:

— Não tenho certeza. O certo é que foi justamente nessa época, logo depois da morte de Orlando, que eu comecei a escrever *A história definitiva da civilização* e fui para a Itália iniciar minhas pesquisas. Quando soube que eu tinha viajado para o Vaticano, que fica em Roma, a cidade onde Orlando Altieri nasceu e viveu por décadas, Carola pensou que eu estava investigando o passado do marido, talvez com o objetivo de esclarecer a verdadeira causa da sua morte repentina, e mandou um pelotão de detetives e agentes atrás de mim. Eram profissionais extremamente experientes e não foi difícil para eles descobrirem o que eu realmente tinha ido fazer lá. Um dia, o apartamento onde eu me hospedei perto do Vaticano foi invadido e alguns papéis foram roubados. Entre eles havia várias anotações que eu tinha feito sobre os Manuscritos de Éfeso. Esses papéis, com certeza, foram parar nas mãos da prima, pois foi a partir daí que ela começou abertamente a se interessar em encontrá-los a qualquer preço.

— E por que ela quer tanto os Manuscritos? — indagou Sofia.

— Para vendê-los a um grande museu na Europa ou nos Estados Unidos, ao contrário de mim, que, se encontrá-los, pretendo doá-los ao Museu Nacional depois que concluir as minhas pesquisas. Esse tesouro tem um valor incalculável, e a prima Carola receberia uma fortuna por ele, sem contar a fama por ter sido a descobridora dos Manuscritos de Éfeso. Além disso, seria uma boa maneira de me derrotar, já que ela sabe que estou há quinze anos atrás deles. A Carola me odeia. Aliás, odeia a todos nós. Ela não se cansa de repetir que um dia colocará esta casa abaixo, erguerá um edifício de luxo no lugar e afogará nós três no rio Maracanã.

— E você acha que ela mataria o seu Moacir só porque ele se encontrou com o professor grego? — perguntou Sofia.

— Para conseguir os Manuscritos de Éfeso, a prima Carola é capaz de tudo, meus queridos. Até de matar, se preciso for.

— E as ameaças que eu estou recebendo desde a semana passada? — Ivan apontou para a folha dobrada, sobre a escrivaninha. — Será que também é trabalho da prima? E por que ela faria isso?

Tio Fausto contraiu os ombros, jogando as mãos para o alto:

— Não faço ideia. Isso tudo deve ter alguma lógica, mas por enquanto tudo que nós temos é um grande mistério. Quase tão grande, aliás, como o próprio paradeiro dos Manuscritos de Éfeso.

Ele olhou demoradamente para os sobrinhos e concluiu:

— Mas, se o crime teve ou não alguma relação com os Manuscritos, podem apostar que nós vamos descobrir. Antes, porém, eu vou comunicar à polícia sobre esses bilhetes ameaçadores. Isso é muito grave e precisa ser apurado antes que aconteça algo pior.

4 NA CASA DA PRIMA MEGERA

Depois do almoço, Sofia se trancou no banheiro do segundo andar para pintar o cabelo de ruivo e tomar um banho. Ivan se sentou no sofá da sala para iniciar a leitura de *Os crimes ABC*, um livro policial da escritora Agatha Christie e estrelado pelo detetive Hercule Poirot. Desde os doze anos, o garoto era fã de histórias policiais e de mistério e, graças a elas, adquirira o terrível hábito de roer as unhas.

Ele leu os dois primeiros capítulos e, de repente, fechou o livro. Olhou para o lado. A porta do escritório estava fechada e tio Fausto, lá dentro, trabalhava em silêncio. Com certeza, o tio estava envolvido com mais um dos intermináveis capítulos de *A história definitiva da civilização*, o livro que parecia não ter fim. Ivan começou a pensar em algumas coisas, como a insinuação feita pelo tio de que a única pessoa que poderia ter matado o diretor por causa do encontro dele com o tal professor grego era a prima Carola. E, realmente, era muito estranho que todas aquelas coisas tivessem começado a acontecer justamente depois do encontro do seu Moacir com o tio Fausto na semana passada. Ivan estava assustado. Por que alguém haveria de querer intimidá-lo mandando bilhetes ameaçadores? Logo ele, que nunca ouvira falar nos Manuscritos de Éfeso até quatro horas atrás... Será que também tentariam envenená-lo ou matá-lo de alguma outra maneira? Ele se esforçou, mas não conseguiu se lembrar de nada comprometedor que soubesse sobre alguém, algo capaz de atrair contra ele um desejo de vingança qualquer. Tirando a prima Carola, que nunca escondera a raiva que sentia de tio Fausto (e, por extensão, dele e de Sofia), parecia não existir mais ninguém no mundo disposto a ameaçá-lo e, simultaneamente, matar o diretor da escola, talvez como uma forma a mais de adverti-lo.

Ivan deixou o livro sobre o sofá e subiu a escada até o segundo andar. Encostou o rosto na porta do banheiro e ouviu o barulho da água caindo do chuveiro aberto. Sofia ainda demoraria no banho. Desceu, novamente, até a sala e se aproximou devagar do escritório, que permanecia com a porta fechada. Nenhum barulho lá dentro. Tio Fausto devia estar concentradíssimo nos seus estudos e escritos. Ivan foi até a cozinha e encontrou Ruth, que acabava de enxugar os pratos do almoço.

— Ruth, eu vou sair um pouco.
— Vai aonde, menino?
— Vou fazer uma visita à prima Carola.
Ela o fitou com genuíno espanto:
— Seu tio sabe disso?
— Não. Ele está ocupado lá no escritório e eu não quis interromper. Você sabe como o tio Fausto detesta quando alguém entra lá na hora em que está trabalhando. Se ele perguntar por mim, diga que não demoro.
— Eu não vou mentir. Se o seu tio perguntar aonde você foi, eu vou contar a verdade. E ele vai ficar possesso quando descobrir que você se enfiou na casa da prima.

Ivan deu de ombros:

— Tudo bem. Eu nem sei se a prima vai me deixar entrar. Talvez eu dê com a porta na cara e volte em menos de dez minutos.

Dito isso, Ivan atravessou a cozinha e saiu pelos fundos, fechando a porta com o máximo de cuidado, a fim de não fazer nenhum ruído. Foi até a garagem, pegou sua bicicleta e saiu de casa.

Ivan sentia que precisava colocar um ponto-final naquela situação. Se a prima Carola tinha algo a ver com o que estava acontecendo, ela teria de ser colocada contra a parede e forçada a confessar. Ao contrário de Sofia, Ivan nunca tivera medo dela. A "perua peçonhenta", apesar de histérica e autoritária, para ele nunca parecera realmente ameaçadora. Era bem possível que ela não estivesse envolvida na morte de seu Moacir, mas Ivan só teria certeza depois que tirasse tudo a limpo.

O garoto pedalou com determinação até alcançar o Jardim Pernambuco, o setor de mansões dos muito ricos, situado numa das extremidades do Leblon. Dobrou à direita na tranquila rua Codajás, onde morava a prima Carola, numa linda mansão de dois andares. Ivan avistou a casa e encostou a bicicleta num poste. Enxugou, com a mão, a fina camada de suor que recobria a testa e pressionou o botão do interfone. Uma voz grossa de homem demorou um pouco para atender.

* * *

Carola estava na sala, sentada numa larga cadeira dourada, forrada com um estofado verde brilhoso, formando um conjunto que parecia um trono, e com os pés acomodados num pequeno pufe no mesmo estilo. Tinha acabado de ler os jornais e, agora, concentrava-se na leitura de um velho livro sobre arqueologia na Grécia. Com cinquenta e um anos de idade, ela gostava de dizer que, na verdade, tinha "quarenta e onze", pois jamais se tornaria uma "cinquentona". No entanto, a prima Carola tinha os cabelos completamente brancos, curtos e esvoaçantes, atenuados apenas por uma tintura bege-clara. Vestia-se de forma bastante conservadora, com blusas fechadas, de mangas compridas, terninhos de corte tradicional e antigos colares de ouro, pérolas ou contas. Para ler, recusava-se a usar óculos comuns, com duas hastes que se fixavam nas orelhas, por achar que deformavam o rosto. A prima talvez fosse o único ser humano em todo o Rio de Janeiro a ler com o auxílio de um lornhão dourado — um modelo muito antigo de óculos, usado pela nobreza do passado, que, em vez das duas hastes sobre as orelhas, possuía um único cabo lateral do lado direito, que era seguro por uma das mãos. Carola achava o lornhão chique e prático. Ainda mais porque ela adaptara, ao cabo daquele seu, uma pequena lanterna e uma potente miniluneta para alguma necessidade inesperada. A prima tinha pavor de escuro e adorava bisbilhotar a vida dos outros, principalmente a de tio Fausto e de seus "dois sobrinhos insuportáveis".

Ela afastou o lornhão da altura dos olhos, quando seu mordomo e secretário Laerte, enfiado num austero terno escuro, aproximou-se, solene como sempre, e anunciou:

— Seu primo Ivan Seabra está aí fora. Diz que deseja falar com a senhora, dona Carolina.

Carola arregalou os olhos de espanto:

— Aquela peste? Aqui? Ele disse o que quer?

— Deixo-o entrar?

Carola coçou a testa, pensativa:

— Ele está sozinho ou o estrupício do tio dele veio junto?

— Está sozinho, senhora.

A mulher fulminou o mordomo com os olhos:

— Tem certeza?

— Absoluta, senhora — Laerte respondeu, sem se abalar.

A prima pensou por mais alguns momentos:

— Tudo bem — ela fechou o livro na página marcada e se levantou. — Faça-o entrar. Mas fique por perto enquanto

ele permanecer na casa. Boa coisa esse menino não veio fazer aqui.
 Laerte se afastou para abrir a porta. Ele era um homem alto e muito, mas muito magro. Mulato escuro, possuía os cabelos já meio grisalhos nas áreas ao redor da testa, da nuca e das orelhas; o nariz comprido e adunco estava quase sempre empinado, e seus modos eram os mais esnobes que uma pessoa poderia ostentar. Por causa da desproporção gerada pela altura e a magreza muito acentuadas, tio Fausto lhe dera vários apelidos, como "Bambu vestido", "Mapa do Chile" e "Manequim de cemitério".
 Quando Ivan entrou na sala, conduzido por Laerte, a prima Carola se aproximou dele e, segurando o lornhão diante dos olhos, disse em tom de galhofa:
 — Ora, ora... VOCÊ por aqui? A que devo a honra desta visita inesperada?
 O garoto ouviu a porta se fechar atrás de si e sentiu um frio na espinha. Cara a cara ali, com a prima Carola, pela primeira vez ele teve um pouco de medo. Mas procurou disfarçar.
 — Tenho um assunto para tratar com a senhora. Não vou demorar.
 — Um assunto para tratar comigo? Você não veio a mando do seu tio matusquela, veio?
 — Não. Ele nem sabe que eu estou aqui.
 — Qual é o assunto?
 — É sobre os... Manuscritos de Éfeso.
 Carola se sobressaltou e recuou alguns passos, mantendo o lornhão à frente dos olhos esbugalhados:
 — Vo... vo... você falou... Manuscritos de Éfeso?
 — A senhora está atrás deles, não está?
 Ela se aproximou lentamente de Laerte, que estava de pé em um canto da sala, como se fosse um poste, e lhe sussurrou:
 — Você prestou atenção no que essa peste disse, Laerte? Ele falou mesmo Manuscritos de Éfeso?
 Laerte apenas balançou a cabeça em sinal de afirmação.

— Ora, ora... VOCÊ por aqui? A que devo a honra desta visita inesperada?

Num inesperado lance de delicadeza, Carola segurou o braço direito de Ivan e o fez se sentar numa poltrona:
— Você aceita beber alguma coisa, meu jovem? Um refrigerante, um refresco?

Nesse momento, o garoto se lembrou da pera envenenada que liquidara seu Moacir. "A prima bem que poderia fazer a mesma coisa com a bebida", pensou, e preferiu não correr o risco, recusando a súbita gentileza.

— Prima, o que eu vim conversar é rápido.
— Como assim rápido, sua pest... minha gracinha? — disse Carola, radiante. — Você entra na minha casa falando sobre os Manuscritos de Éfeso e acha que pode sair daqui sem me contar essa história direito? Vamos, diga: como você ficou sabendo dos Manuscritos?

— Isso não importa. O que eu quero saber é se a senhora matou o diretor da minha escola!

A prima fez cara de espanto:
— O diretor da sua escola morreu? Oh, que pena! Sinto muitíssimo por ele. Quando foi?

— Hoje de manhã. Ele comeu uma pera envenenada.
— E o que isso tem a ver com os Manuscritos?
— A senhora sabe, prima. Não precisa fingir. Tio Fausto esteve na semana passada com o diretor, que também conhecia a história dos Manuscritos de Éfeso. Os dois conversaram um tempão. E hoje ele foi assassinado. Por que alguém faria uma coisa dessas justamente agora? Quem, nesta cidade, tem interesse em encontrar os Manuscritos além do meu tio? A senhora, é claro!

Carola desatou numa risada escandalosa:
— Não me diga, inteligência rara. Não me diga que você está achando que quem matou o diretor fui eu. Só porque, na semana passada, ele e o estrupício do seu tio conversaram sobre os Manuscritos de Éfeso? Não passa pela sua cabecinha de bagre que o diretor pudesse ter outros inimigos?

— É isso o que eu vim saber aqui. A senhora me garante que não tem nada a ver com o assassinato?

A prima olhou para o garoto com indignação:
— Eu não tenho que garantir nada a você, seu fedelho metido. Nem sei do que você está falando. Aliás, estou começando a desconfiar de que você está ficando tão maluco quanto o seu tio Fausto.

Ivan se levantou:
— Neste caso, não tenho mais nada a fazer aqui. É melhor eu ir embora.

Carola o agarrou pelo braço e o trouxe de volta à poltrona:
— Mas não vai mesmo! Não sem antes me explicar essa história direito: o que Fausto e o diretor conversaram de tão sério sobre os Manuscritos de Éfeso para provocar um assassinato?
— Não sei.
— Sabe sim. E não vai sair desta casa enquanto não me contar tudo. Nem que tenha de ficar trancado aqui pelo resto da vida!

Ivan estava quase entrando em desespero. Aquela casa era uma verdadeira fortaleza, e tentar escapar dali era quase impossível. Começava a se arrepender seriamente de ter vindo.

5 ORAÇÃO PARA O MESTRE

Às cinco da tarde em ponto, tio Fausto terminou de escrever a página número 11.236 de *A história definitiva da civilização* e deixou o escritório para tomar um café na cozinha. No caminho, ouviu passos na escada. Ao virar-se, assustou-se, levou a mão à boca e começou a andar para trás apavorado. Um vulto estranho invadira sua residência, estava no segundo andar e agora descia lentamente, indo ao seu encontro. O invasor parou no pé da escada e ficou olhando para o dono da casa com as mãos na cintura. Tinha os cabelos cor de cereja. Tio Fausto ia soltar um grito, quando o vulto o interrompeu:

— Que cara é essa, tio? — perguntou Sofia. — Nunca me viu, não?

O tio levou a mão ao peito, suspirando de alívio.

— Não com esse cabelo — ele ofegou, recobrando o fôlego. — O que você fez com ele, menina?

— O que você acha? Pintei. Estava meio cheia daquele cabelo castanho. Era uma cor meio morta. O ruivo é muito mais vivo. Combina mais com a minha personalidade.

Não bastasse o cabelo novo, Sofia usava um vestido comprido de renda, que ela comprara num bazar beneficente. Era branco com detalhes em verde e tinha a gola muito larga. Se estivessem em fevereiro, tio Fausto juraria que a sobrinha estava se aprontando para algum baile de Carnaval.

A garota se postou na frente do grande espelho perto da porta de entrada e ficou admirando seu novo visual. Ruth, que da cozinha devia ter ouvido a movimentação na sala, surgiu trazendo a xícara de café numa bandeja, já adivinhando que o seu patrão iria pedir aquilo, como fazia todo santo dia naquele mesmo horário.

— Olhe só para isso, Ruth — tio Fausto apontou, contrafeito, para a sobrinha, que por sua vez continuava fazendo poses na frente do espelho. — Veja o estrago que essa menina fez no cabelo dela.

Sofia ficou revoltada:

— Estrago? Puxa, tio... Deu o maior trabalho deixar o cabelo neste tom. Eu acho que ficou o máximo.

— Ficou horrível!

— Não ficou não. Você é que é muito antiquado. Não tem nenhuma noção do que é estilo. Tenho certeza de que lá na escola eu vou fazer o maior sucesso. Aquelas meninas fofoqueiras vão se roer de inveja, e eu terei todos os garotos atirados aos meus pés, implorando pela minha atenção.

Ruth interveio:
— Eu também gostei. Você ficou muito bonita, Sofia. Não liga para o que o seu tio fala. Há anos que ele passa os dias trancafiado naquele escritório mergulhado em textos antigos e já se esqueceu completamente de como o espírito jovem é exuberante.

Tio Fausto quase engasgou com o café:
— Isso é um complô contra mim? Todos unidos nessa casa para me desmoralizar? — Ele enxugou a boca com um lenço que trazia no bolso e se voltou para a sobrinha: — Por falar em todos, você já mostrou o cabelo novo para o seu irmão?

Ruth engoliu em seco. Tio Fausto acabara de dar pela falta do sobrinho. Dali a pouco iria querer saber onde ele estava.

— Ainda não — Sofia respondeu, sem desgrudar os olhos do espelho. — Mas a opinião dele não me interessa nem um pouco.

— Você sabe se Ivan está no quarto dele, Ruth?
— Eu... eu acho que não, seu Fausto. Ele... er... bem, ele parece que saiu.

Tio Fausto terminou de tomar o café e devolveu a xícara a Ruth.

— Saiu? Sem me dizer para onde ia?
— É que o senhor estava ocupado no escritório e ele não quis atrapalhar. Mas ele disse que não ia demorar. Daqui a pouco, deve estar de volta.

— Você sabe aonde ele foi?
Ruth apertou os lábios, sem dizer palavra. Tio Fausto estranhou a reação dela.

— Sabe ou não sabe?
— Eu falei para ele que, se o senhor perguntasse, eu ia contar.

O tio ficou parado, com o coração na boca, só escutando.
— Ivan foi à casa da dona Carola. Deve estar lá, agora.
Ao ouvir isso, a espinha dele gelou a zero grau. Esbugalhou os olhos em pânico e começou a falar depressa, muito nervoso:

— E você deixou, sua irresponsável? Minha nossa... Aquele menino franzino, indefeso, enfiado na casa daquela louca! Não pode ser. A que horas ele saiu?
— Faz mais de duas horas.
— Duas horas? Deus do céu, se ele não voltou até agora é porque algo deve ter acontecido. Preciso fazer alguma coisa. — Ele olhou para a sobrinha: — Sofia, saia da frente desse espelho e venha comigo.
A garota mirou-o com espanto:
— Para onde?
— Tirar o seu irmão da casa da prima Carola. Ele está há duas horas lá. Não sei o que deu nele para cometer uma loucura dessas, mas precisamos fazer alguma coisa imediatamente.
Sofia cruzou os braços e se sentou no sofá, emburrada:
— Eu não vou. Daqui ninguém me tira.
— É claro que vai. Você quer que eu vá sozinho? Não tem pena do seu pobre tio exposto aos perigos selvagens daquela casa, sem nenhuma retaguarda?
— Eu odeio a prima Carola. Odeio aquela voz esganiçada, odeio os ataques histéricos dela, odeio quando ela fica sacudindo a minha orelha e gritando: SUA MENINA ANTIPÁTICA... ANTIPÁÁÁTICA! Ninguém merece isso. E, além do mais, que diferença faz eu ir ou não? Se a prima decidir apertar o seu pescoço, você acha que *eu* vou conseguir defender você?
Tio Fausto parou na frente dela e anunciou solene:
— Acho que você está se esquecendo de algumas regrinhas elementares de hierarquia desta família. Eu não perguntei se você quer ir ou não, Sofia. Eu fiz um comunicado: você *vai* comigo e ponto-final. O que a prima diz ou deixa de dizer deve entrar por um ouvido e sair pelo outro. Você não tem que dar importância, e nós já conversamos sobre isso um milhão de vezes. Está entendido? Agora, chega de birra, levante-se daí e venha comigo!
Estrear o novo visual ruivo justamente na casa da prima Carola era o fim da picada. Sofia ainda tentou resistir, mas diante da pressão do tio acabou entregando os pontos:

— Está bem. Mas o Ivan vai me pagar por me meter nessa embrulhada. Que droga!

* * *

A cada minuto que passava, o diálogo com a prima Carola se tornava mais difícil e desesperador. Cansado de argumentar sem ser ouvido, Ivan declarou mais uma vez:

— Eu já disse que não sei de nada, prima. Quantas vezes vou ter que repetir?

Carola andava freneticamente de um lado para o outro, com as mãos para trás, murmurando coisas que não dava para entender.

— Será que eu posso ir embora agora? — perguntou o garoto.

— Você está mentindo para mim. Está me sonegando informações preciosas. Isso não é justo — protestou ela para, logo a seguir, sentar-se no braço da poltrona e segurar as mãos de Ivan. — Ouça, meu jovem: os Manuscritos de Éfeso podem ser a maior descoberta arqueológica de todos os tempos. Eles estão escondidos há séculos, à espera de que alguém sagaz e decidido como eu ou como você os encontre. Quem descobrir os Manuscritos e, através deles, desvendar o mito de Atlântida, se tornará uma pessoa rica, famosa, com o mundo das artes e da ciência aos seus pés. Em vez de ficar quebrando a cabeça ao lado do seu tio incompetente e da sua irmãzinha insuportável, você deve se aliar a mim e unir forças comigo para, juntos, descobrirmos o tesouro. Imagine o mundo dourado que o espera. Você tem catorze anos hoje. Logo, será um rapagão adulto e bonito. Com a fortuna e a fama que poderá obter, as meninas mais lindas do mundo vão implorar para se casar com você. Você poderá comprar castelos majestosos na Europa, ilhas paradisíacas no Caribe, fazendas Brasil afora, viver como um sultão rodeado de ouro, mimos e beldades, comendo do bom e do melhor e sendo paparicado pela imprensa e pela alta sociedade de todo o mundo. E mais: você se verá para sempre livre daquele seu tio alucinado, que só faz atrasar a sua vida.

Ivan olhou para ela com desdém. Não conseguia acreditar que uma pessoa pudesse delirar tanto.

— Ah é? Então me diga: como eu posso ajudar a senhora?

— Antes de mais nada, me contando a verdade. O diretor da sua escola sabia dos Manuscritos de Éfeso e passou alguma informação preciosa sobre eles para o seu tio Fausto, não passou? Se você veio até aqui me cobrar explicações, pensando que eu tinha alguma coisa a ver com o envenenamento do diretor, é porque você de alguma maneira descobriu que informações eram essas. Essas informações dão alguma pista de onde estão os Manuscritos?

A resposta era não, pensou Ivan. A única informação aparentemente importante que o diretor tinha dado ao seu tio Fausto fora o encontro com o professor grego Kostas Kostalas, em Atenas. Não havia nada que indicasse a localização dos Manuscritos de Éfeso e muito menos de Atlântida. Mas nem isso Ivan estava disposto a revelar à prima. Tudo o que ele queria era sair logo dali.

— Não sei o que eles conversaram — ele declarou, finalmente.

A boca da prima se contorceu de raiva. Ela agarrou Ivan pela orelha e o puxou pela sala, enquanto ele protestava:

— Me solte, sua bruxa. Aiii, minha orelha! Você está me machucando!

— Então, você não sabe o que eles conversaram, não é? Pois vai ter que jurar diante do mestre.

Ivan se apavorou:

— Mestre? Que mestre?

— Não vá me dizer que o seu tio também nunca lhe falou do mestre?

Tinham chegado à ala principal da sala, em frente de uma ampla escadaria de mármore italiano e corrimões dourados que levava ao segundo andar. Carola largou-lhe a orelha e Ivan se viu diante de uma grandiosa estátua branca de

gesso, a estátua de um homem que lhe pareceu familiar. O homem tinha barba e o cabelo penteado para os lados e para a frente, vestia algo como um enorme corte de tecido que ia do peito às canelas e era amarrado em um dos ombros. De fato, tio Fausto já havia comentado sobre aquele homem e não fazia muito tempo. Aliás, não fazia nem seis horas. Aquela estátua era a versão de corpo inteiro do busto que o tio tinha no escritório. O busto do homem que, pela primeira vez, escreveu sobre Atlântida: o filósofo Platão.
— Platão? — indagou Ivan à prima.

Encostado à parede, havia um genuflexório com um respaldo alto de madeira vazada, estofado com veludo fofo, cor de vinho; aquilo era um antigo móvel usado pelos católicos para rezar, e lembrava uma cadeira alta de pés curtos. Carola arrastou o genuflexório para a frente da estátua, obrigando Ivan a se ajoelhar nele e apoiar os cotovelos no topo do respaldo.

— A senhora quer que eu reze para Platão?
— Claro, como eu faço todos os dias há anos. Afinal, ele é o mestre.
— Mas Platão não é um santo para a gente rezar para ele. Ele foi apenas um filósofo.
— E você quer santidade maior do que a filosofia, garoto? Platão foi o homem privilegiado que, mais de trezentos e cinquenta anos antes de Cristo, relatou a existência de Atlântida, a terra linda e dourada cuja existência eu venho me esfalfando para provar. Eu tenho certeza de que Platão, do alto do seu trono de ouro no Céu, deseja mais do que ninguém que os Manuscritos de Éfeso sejam encontrados por alguém com competência e dedicação, para dar a eles o encaminhamento mais adequado e atestar, de uma vez por todas, que Atlântida realmente existiu. Esse alguém, é claro, sou eu. Por isso, rezo diante dessa estátua todos os dias, ajoelhada nesse mesmo móvel onde você está agora, pedindo que o mestre Platão me guie e me ajude a encontrar esse tesouro.

Ivan olhou de esguelha para a prima. Era melhor não reagir, pois ela estava cada vez mais doida.

— Vamos começar — disse Carola, estendendo os braços na direção da estátua. — Estique seus braços para a frente, abra bem as palmas das mãos e repita comigo.

Ivan obedeceu, enquanto a mulher, de olhos fechados, recitava:

— Salve, Platão, mestre do pensamento universal...

Ivan repetiu, depois de um suspiro de resignação:

— Salve, Platão, mestre do pensamento universal...

— ... aluno e discípulo de Sócrates, mestre dos mestres...

— ... aluno e discípulo de Sócrates, mestre dos mestres...

Uma campainha se fez ouvir além da sala, algo como o tilintar de um telefone. Carola, inabalável, prosseguia sua reza:

— ... profeta e guardião eterno da memória de Atlântida...

— ... profeta e guardião eterno da memória de Atlântida...

Desta vez o ruído era de uma porta sendo fechada suavemente. A prima continuou no mesmo ritmo:

— ... eu juro, aqui, perante a vossa excelsa e venerável sapiência...

— ... eu juro, aqui, perante a vossa... — Ivan parou de repente e encarou interrogativamente a prima, de pé ao seu lado: — ... perante a vossa o quê?!

Foram interrompidos por Laerte, que, com a sua habitual expressão emproada de quem se achava o mais importante dos mortais, anunciou:

— Com a sua licença, dona Carolina. O senhor Fausto Seabra, seu primo, está aí fora e exige que eu lhe abra a porta.

Ivan estremeceu de alegria. Carola aproximou o lornhão dos olhos para encarar demoradamente o mordomo, antes de pensar no que fazer.

6   HÓSPEDE OU PRISIONEIRO?

Do lado de fora da mansão, sob o mormaço quente do fim da tarde, Sofia e seu tio bufavam de expectativa e nervosismo, quando a voz de Laerte surgiu, metálica, no interfone:

— Lamento, senhor Fausto. Mas a dona Carolina está muito ocupada. Pediu para o senhor retornar outro dia e telefonar antes para marcar hora.

— Eu não quero falar com ela, seu manequim de cemitério. Vim saber do meu sobrinho. Eu sei que ele está aí dentro!

— Não, senhor. Seu sobrinho não apareceu por aqui. Sinto muito, mas vou ter de desligar agora. Tenha uma boa tarde.

A voz de Laerte sumiu e tio Fausto deu um soco de raiva no ar. A bicicleta de Ivan estava encostada num poste quase em frente da mansão de Carola. Era evidente que ele estava na casa. O que o tio e a sobrinha não compreendiam era por que a prima mandara mentir, dizendo que o garoto não estava lá.

Sofia se sentia confusa. Estava, ao mesmo tempo, preocupada com o irmão, solidária com o tio, e morta de vontade de ir embora. Sabia, porém, que não conseguiria sair dali enquanto não dessem um jeito de encontrar Ivan. Ela afagou as costas do tio e disse, fingindo uma tranquilidade que estava longe de sentir:

— Ânimo, tio Fausto. Você achou mesmo que a megera iria deixar a gente entrar na casa dela assim, tão fácil, pela porta da frente?

— Você tem alguma outra ideia? Se não for pela porta da frente, vai ser por onde?

Sofia observou a casa com atenção. O muro da frente era alto, porém não o bastante para esconder as janelas do segundo andar da mansão. Árvores altas com copas generosas se espalhavam pelo terreno ao redor, inclusive bem próximo à divisa com as casas vizinhas. A garota teve um estalo:

— Por que não tentamos entrar pulando o muro?

Tio Fausto olhou para ela com incredulidade:

— Você está brincando? Jamais conseguiremos escalar esse muro. Olhe para ele. É todo liso quase até o chão. E, mesmo que tivéssemos uma escada alta, ao chegarmos lá em cima a prima faria soar o sistema de alarme, que eu sei que ela tem instalado na casa, e poderíamos até ser presos.

— Mas eu não pensei no muro da frente e sim num dos muros laterais. Por que não procuramos um dos vizinhos, explicamos o caso e pedimos ajuda?

Tio Fausto achou a ideia um tanto estapafúrdia, mas não totalmente. Se os vizinhos moravam ali havia muito tempo, era bem possível que conhecessem o gênio de cão e as loucuras da prima Carola e acreditassem quando eles dissessem que, naquele momento, ela mantinha um garoto em casa como refém. Ele pensou um pouco e, sem outra alternativa, decidiu aceitar a ideia da sobrinha:

— Você tem razão. Não custa tentar. Qual das casas você sugere que tentemos primeiro? A da direita ou a da esquerda?

— A da esquerda me parece melhor. Tem mais árvores em volta do muro e uma varandinha no segundo andar, estrategicamente localizada muito perto da casa da prima.

Eles então se dirigiram até o portão daquela casa e tocaram a campainha.

* * *

Quando Laerte voltou à sala, informando que havia dispensado tio Fausto, Carola não se sentiu totalmente aliviada:

— Ele vai permanecer nas redondezas, aposto — rosnou ela, apertando o lornhão entre os dedos. — Não vai ficar satisfeito enquanto não arrumar um jeito de entrar aqui. Mas eu não vou permitir que ele entre, nem que, para isso, precise chamar a polícia.

Ivan continuava imóvel, ajoelhado no genuflexório diante da estátua de Platão. Ele se lembrou de que sua bicicleta estava do lado de fora e imaginou que o tio Fausto devia tê-la visto. A hipótese de seu tio estar, agora, procurando um meio de entrar na casa para resgatá-lo o tranquilizou um pouco.

— Não seria melhor a senhora liberar logo o menino? — Laerte perguntou, de repente.

Carola fulminou o mordomo com os olhos:

— Eu perguntei a sua opinião, por acaso?

Laerte manteve o semblante inalterado:

— Não, senhora.

— Então, cale-se! Só vou libertar essa peste quando ele me disser o que sabe sobre os Manuscritos de Éfeso.

Ivan estava prestes a perder o controle:

— Mas que droga, prima! Até jurar para Platão eu jurei. A senhora quer prova maior de que eu estou falando a verdade? Eu não sei de nada!

— Você não terminou o juramento. Seu tio chegou e nos atrapalhou. Isso é um sinal bastante claro, enviado pelos céus, de que você estava faltando com a verdade. Platão deve ter percebido isso e decidiu usar o seu poder para interromper a oração.

Ivan estava cada vez mais convencido de que a prima era muito mais maluca do que ele imaginava.

— Você fica aqui, pelo menos, até amanhã — disse ela a Ivan, fazendo-o se levantar do genuflexório. — Vou instalá-lo no quarto de hóspedes que fica exatamente ao lado da minha suíte. — Ela bateu duas vezes com a palma das mãos chamando pelo mordomo: — Laerte! Providencie roupa de cama e artigos de higiene para o nosso hóspede.

— Acabei de providenciá-los. Eu já previa que a senhora fosse mantê-lo aqui.

— Então, vamos levá-lo para cima — ordenou a mulher, segurando um dos braços de Ivan, enquanto Laerte agarrava o outro. — Fausto pode conseguir invadir a casa e, se isso acontecer, pelo menos não o encontrará aqui e não poderá me acusar de nada.

Ivan ainda tentou se desvencilhar, mas eram duas mãos adultas contra um corpo adolescente. Ele foi conduzido escada acima pela prima e pelo mordomo, e trancado à chave num quarto amplo, repleto de livros e com uma bonita cama, forrada por uma colcha fofa e suavemente perfumada.

O garoto ainda tentou abrir a porta, sem conseguir. Agora ele estava preso de verdade. Desesperado e revoltado, sentou-se no pé da cama e procurou manter a calma.

— Malditos Manuscritos de Éfeso — resmungou.

* * *

Para surpresa de Sofia e de seu tio, em vez de uma voz indiferente no interfone, um homem alto, careca e vestindo um terno preto veio atendê-los pessoalmente na porta. Tio Fausto o reconheceu de imediato. Era um dos empregados da casa. Ele o vira algumas vezes, durante visitas que fizera à prima Carola. Não sabia o seu nome, mas sentiu que podia confiar nele.

— Boa tarde. O dono da casa pode me atender?

— Não tem ninguém em casa, além dos empregados — respondeu o homem, calmamente. — Seu Ernesto só chega depois das sete e o filho dele saiu faz uma hora.

— Meu amigo, eu estou com um problema seríssimo. O senhor talvez já tenha me visto por aqui. Eu sou primo da dona Carolina Altieri, que mora na casa aqui ao lado. Acontece que essa maluca, essa louca desvairada, prendeu o meu sobrinho de catorze anos aí dentro, sabe-se lá por que, e não me deixa entrar de jeito nenhum. O garoto pode estar correndo perigo, você me entende?

O homem entendia. Ele trabalhava como segurança na casa de seu Ernesto fazia dez anos e testemunhara vários escândalos de dona Carola, inclusive uma vez que ela quase tinha quebrado o nariz do patrão dele por causa de um galho de árvore que estava avançando inconvenientemente sobre o muro e arranhando a pintura externa da casa dela.

— E eu posso ajudá-lo em que, exatamente?

— Deixando eu e minha sobrinha entrar na casa da minha prima pelo muro de vocês. É por uma boa causa, acredite.

O homem hesitou. Seu Ernesto não gostaria de saber que estranhos tinham estado na casa dele, ainda mais com a mudança que ele estava providenciando, encaixotando quadros, antiguidades e livros raros. Mas o senhor à sua frente parecia sincero. Se havia, de fato, um adolescente preso na casa de dona Carola, alguém precisaria entrar lá para resgatá-lo. Passava um pouco das cinco e meia. Seu Ernesto e o filho ainda demorariam a chegar. Dificilmente eles ficariam sabendo de alguma coisa, mesmo porque os outros empregados estavam todos na parte dos fundos da casa, passando roupa, começando a preparar o jantar ou envolvidos em outras atividades.

O homem se afastou para dar passagem aos dois, fechando a porta em seguida.

— Eu conheço um bom trampolim para a mansão da dona Carola. Venham comigo.

Sofia e tio Fausto entraram na casa e contemplaram admirados a profusão interminável de quadros pendurados nas paredes, belas esculturas e candelabros dourados sobre móveis antigos, caríssimos tapetes orientais pelo chão, relógios vistosos e pilhas de livros que deviam ter, pelo menos, uns duzentos anos. Muitos desses objetos estavam embalados e parcialmente colocados dentro de caixas de madeira ou papelão. Como se o dono da casa tivesse decidido enviá-los para um lugar mais seguro ou, até mesmo, estivesse prestes a se mudar dali.

Subiram uma imensa escadaria em curva que parecia saída de um palácio e chegaram ao segundo andar. O segurança conduziu ambos até um quarto no final do corredor.

Era uma espécie de sala de vídeo, com uma porta dupla de veneziana que se abria para uma pequena sacada. A mesma que Sofia avistara da calçada. A sacada ficava colada a um robusto cajueiro, que espalhava galhos grossos e torcidos para todos os lados, inclusive por cima do muro que dava para a mansão da prima. A garota se animou. Chegar ao outro lado, a partir dali, seria mais simples do que subir as escadas rolantes do Shopping da Gávea.

— Agora tenho que voltar lá para baixo. Vou deixar a porta da sacada apenas encostada para o caso de vocês desistirem e precisarem voltar. Mas, se forem fazer isso, não se esqueçam de que o dono da casa chega às sete.

— Pode ficar tranquilo, meu amigo — disse tio Fausto.

— Nós não vamos desistir. E muito obrigado pela ajuda.

O segurança foi embora e Sofia cutucou o tio, apontando para o galho maior, que subia do tronco, fazia uma curva bem na frente da sacada e continuava até o muro:

— É esse. Será que a gente consegue se equilibrar nele?

— Consegue sim. Vá você na frente. Se você se desequilibrar, eu te seguro.

A garota transpôs a grade de ferro que circundava a sacada e se agarrou logo no galho, ficando com as pernas enganchadas nele. Tio Fausto foi em seguida, e os dois começaram a se esgueirar devagar. Não só tinham medo de perder o equilíbrio, como também se preocupavam em não sacudir muito as folhas, o que produziria um barulho suspeito capaz de chamar a atenção de Carola ou de Laerte.

— A prima não tem cães de guarda, tem? — perguntou Sofia, apreensiva.

— Não. Carola sempre detestou animais.

Eles levaram mais de cinco minutos para cobrir um espaço de menos de quatro metros. Quando chegaram próximos à ponta do galho, desceram, pendurando-se nele com as duas mãos. Dessa maneira, completaram o percurso, alcançando o muro, que tinha cerca de três metros de altura.

Descansaram um pouco, sentados sobre ele, enquanto contemplavam o jardim impecável em torno da casa da prima, com a grama aparada e os canteiros floridos. Só não notaram a janela mais afastada do segundo andar, através da qual um jovem de catorze anos olhava aflito para os dois.

7 IVAN TEM UMA IDEIA

Ivan pensou em gritar, mas era provável que os únicos que o ouvissem fossem a prima e o mordomo. A janela de vidro havia sido trancada à chave e ele não conseguiu abri-la. Tio Fausto e Sofia já estavam praticamente dentro da casa e, em poucos instantes, ficariam cara a cara com a prima Carola. Se continuasse incomunicável naquele quarto fechado, o tio jamais o encontraria.

Desnorteado, o garoto ficou andando em círculos, tentando desesperadamente imaginar uma saída. Pensou em quebrar o vidro e pular da janela, mas desistiu quando calculou a altura. Se pulasse, mesmo que não se esborrachasse lá embaixo, quebraria ao menos um braço ou uma perna. O ideal seria encontrar algum objeto, nem pesado demais, nem leve demais, que pudesse atirar para o tio e, assim, atrair sua atenção. Bastaria quebrar a parte de baixo do vidro da janela. Ele vasculhou o quarto atrás de algo. Foi só aí que reparou nos livros e nas pequenas esculturas distribuídos por uma estante baixa, uma cômoda e uma mesinha de cabeceira.

Observou os livros primeiro. Talvez fosse o caso de atirar um, mas Ivan temia que fossem muito pesados e pudessem ferir o tio ou a irmã, caso os atingisse. Apanhou o primeiro da fila e leu o título: *Atlântida: o continente perdido*. Recolocou-o no lugar e pegou os dois que estavam ao lado: *Em busca de Atlântida* e *Platão e Atlântida*. Devolveu-os à estante e puxou o seguinte. Esse vinha escrito em dois idiomas. Uma metade estava em português e a outra num alfabeto diferente, que, tudo indicava, era grego. Ivan tinha alguma noção do alfabeto grego por causa do tio Fausto, que vivia às voltas com textos nesse idioma. O título do livro era Ο θρύλος της Ατλαντιδος — *A lenda de Atlântida*. A capa tinha a ilustração de três pirâmides afundando num oceano de águas roxas e bravias. A prima, pelo visto, era fanática pelo tema "Atlântida", mais até do que o tio Fausto. Ivan apanhou, então, o último livro daquela fileira, cujo título, também em grego e português, era: Η Ατλαντιδα του Πλάτωνα — *A Atlântida de Platão*. A capa, azulada, mostrava quatro colunas gregas submersas no fundo do mar, com peixes nadando em volta delas e, no canto inferior direito, um retrato de Platão, o grande responsável por difundir o mito do continente perdido ao longo dos séculos.

Além dos livros, a estante guardava outros objetos, como bibelôs, um vaso de flores artificiais, um porta-lápis de cerâmica com algumas canetas esferográficas e uma régua curta de quinze centímetros. Ivan estava ali, correndo os olhos por tudo, quando, de repente, teve uma ideia luminosa: usaria o porta-lápis para quebrar o vidro e lançaria a régua na direção do tio e da irmã para atrair a atenção deles. Então, esvaziou imediatamente o porta-lápis sobre a prateleira e correu até a janela. No momento em que se preparava para quebrar o vidro, olhou para fora e constatou que ambos já não se encontravam mais sobre o muro. Esticou um pouco mais os olhos para observar aquela parte do terreno. Nenhum dos dois estava à vista. Porém, pôde ver que a luz da janela da sala, embaixo, permanecia acesa. Carola devia estar lá e era para lá, com certeza, que o tio tinha se dirigido.

Desanimado, Ivan se sentou na beirada da cama e pensou no que fazer. À sua frente, sobre uma cômoda próxima da janela, repousava um pesado busto de mármore do filósofo Platão, idêntico ao que tio Fausto mantinha no seu escritório. Se lançado com força contra uma superfície como uma porta ou uma janela, poderia causar um belo estrago. Ivan olhou para os lados e notou a colcha grossa que cobria a cama. Suspendeu a barra e viu uma camada de lençóis sobre o colchão. Nesse instante, o garoto descobriu o que deveria fazer para ser descoberto e resgatado daquele cativeiro.

* * *

Carola levou um susto tremendo quando viu tio Fausto aparecendo na sala pela porta da frente:
— Como você conseguiu entrar aqui, seu estrupício? — interpelou ela, possessa.
Tio Fausto respondeu calmamente:
— Digamos que eu caí do céu. Onde está o Ivan?
Carola se fez de desentendida:
— Que Ivan? Aquela peste do seu sobrinho? Se você não sabe onde ele está, como é que eu vou saber?
— Deixe disso, Carola. Eu sei que o meu sobrinho está aqui. Ele disse que viria para cá e a bicicleta dele está parada aí fora.
— De fato, ele passou por aqui faz umas duas horas, mas eu não o deixei entrar. Só que, ao contrário de você, ele foi educado e não tentou invadir a minha casa.
Naquele momento, Carola pousou os olhos sobre Sofia, que estava bem atrás de tio Fausto. Ela ainda não tinha notado a garota. Com cara de apavorada, uma mão segurando o lornhão diante dos olhos esbugalhados e a outra pressionando o peito, a prima foi recuando devagar, enquanto gaguejava:
— O que essa... o que essa monstrinha insuportável está fazendo aqui?
Sofia sentiu uma raiva tão intensa da prima por ser chamada daquela maneira, que a sua vontade era pular no pescoço de Carola e apertá-lo até o outro dia de manhã.

— Ela está me acompanhando — respondeu tio Fausto.
— Vamos, Carola, não me enrole. Diga logo de uma vez onde está o Ivan.
A prima não lhe deu ouvidos e preferiu gritar pelo mordomo-secretário:
— Laerte...! Laerte...!
Sofia e o tio se entreolharam pasmos. Laerte surgiu na sala, na sua pose habitual de mordomo de filme de terror, e Carola lhe ordenou, apontando o lornhão para Sofia:
— Ponha essa monstrinha horrorosa para fora daqui imediatamente.
— Monstrinha horrorosa é a vovozinha! — reagiu Sofia, caminhando, desafiadora, na direção da prima. — A senhora já se olhou no espelho, sua bruxa?
Carola fitou-a indignada:
— Que menina insolente! Pensa que pode me enfrentar, é? Nem se vestir você sabe. Olhe só para essa roupa! — Ela fez um gesto com as mãos na direção do vestido de renda que a garota usava: — Você está parecendo um... projeto de *hippie* decadente.
Sofia sentiu os miolos ferverem de raiva. Mas o pior foi quando a prima segurou entre os dedos uma mecha dos cabelos vermelhos que ela havia, orgulhosamente, acabado de pintar, e comentou, fazendo cara de nojo:
— E esse cabelo...? Que horror! Você pintou o seu cabelo na feira? Que tinta de parede você usou? Se tivesse um pingo de classe, poderia fazer como eu, que tinjo os meus lindos cabelos no Cassino Atlântico, no salão do maravilhoso, do magnífico, do "treslumbrante" Jean-Pierre Legrand de Lafayette, descendente direto do Marquês de Belfort. O melhor cabeleireiro do Rio de Janeiro.
— Prima... — rosnou Sofia. — O seu cabelo é branco.
Carola tascou dois tapinhas no braço dela:
— Desde quando meu cabelo é branco, sua abusada? Ficou louca? Meu cabelo é cor de âmbar, está entendendo?

ÂM-BAR! É uma coloração exclusiva do maravilhoso, do magnífico, do "treslumbrante" Jean-Pierre Legrand de Lafayette, descendente do Marquês de Belfort. Muito mais vistoso do que esse vermelhão-corpo-de-bombeiros que você está usando na sua cabeça oca.

Tio Fausto estava começando a perder a paciência:

— Carola, você vai dizer onde está o Ivan ou eu vou ter que invadir a sua casa e encontrá-lo na marra?

* * *

Ivan arrancou os quatro lençóis que forravam a cama e os emendou nas pontas, formando uma corda comprida. Apanhou, em seguida, o busto de Platão e o prendeu bem numa das extremidades, dando uma série de nós em torno do pescoço da estátua de mármore do filósofo. Depois de conferir se os nós estavam bem firmes, ele se aproximou da janela e usou o peso da escultura para quebrar o vidro, o mais devagar que pôde. Fragmentos se espalharam pelo chão e alguns caíram para fora.

Com um bom espaço aberto na janela, Ivan foi descendo o busto devagar pela corda até ele quase encostar no gramado, lá embaixo. Então, começou a balançá-lo lentamente, como se fosse um pêndulo. Pouco a pouco o busto foi ganhando impulso e velocidade, descrevendo um arco imaginário no ar. Seu objetivo era a janela da sala, que estava acesa e onde era possível ver sombras em movimento de pessoas gesticulando. Uma discussão devia estar acontecendo.

Ivan fez um cálculo rápido. O pesado busto, a cada instante, oscilava numa amplitude maior. Mais alguns segundos e ele alcançaria a janela.

* * *

Demonstrando exaustão, Carola se virou para o mordomo, ali em pé ao seu lado, e vociferou:

— Laerte, solte os cachorros e chame os seguranças para expulsar esses dois delinquentes daqui.

— Queira me desculpar, dona Carolina. Mas nós não temos nem cachorros nem seguranças.

Carola fulminou o empregado com um olhar furioso. Em seguida, Sofia disse a Laerte, com sarcasmo:

— Acho que é melhor chamar a carrocinha e levar a sua patroa para um hospício. Ela está cada vez mais maluca!

Carola se aproximou devagar da garota e trovejou:

— Que absurdo! Seu tio matusquela não lhe deu educação em casa, sua horrorosa? Não ensinou a você que os mais velhos devem ser tratados com respeito? Você não passa mesmo de uma monstrinha petulante e... ANTIPÁTICA!

— Ela, então, segurou a orelha esquerda de Sofia e se pôs a agitá-la com vontade — AN-TI-PÁÁÁ-TI-CA!

A garota soltou um gemido agudo e se desvencilhou da mão da prima. Odiava mortalmente quando Carola fazia isso.

O tio, já sem aguentar mais aquela discussão inútil, aproveitou que a prima estava ocupada implicando com a sobrinha e se dirigiu, de fininho, à escada. Ivan devia estar trancado em algum cômodo no andar de cima.

Laerte, rapidamente, colocou-se no caminho dele. Tio Fausto, porém, não parou de andar.

— Aonde o senhor pensa que vai? — indagou o mordomo.

— Eu esqueci onde fica o banheiro. Pode me indicar o caminho?

Tio Fausto chegou a galgar dois degraus da escada, mas de repente um forte barulho de vidro se quebrando sacudiu a sala. Sofia e Carola pararam instantaneamente de discutir e, voltando a atenção para o grande buraco aberto na vidraça da janela, viram um busto de Platão voando sala adentro, suspenso por um pano comprido.

— Mas... O que é isso? — gritou Carola.

— Ivan... — murmurou tio Fausto, com entusiasmo.

O pequeno busto tinha ganhado um impulso impressio-

nante. Num movimento perfeito, ele oscilou de volta para fora antes de atravessar novamente a janela com uma potência ainda maior. Desta vez, porém, o busto encontrou um móvel resistente pelo caminho, chocou-se contra ele e se espatifou.

Sofia correu até a janela para ver de onde partia o lençol, enquanto Carola se ajoelhava e tentava, em vão, juntar os cacos de mármore espalhados, choramingando:

— Mestre... Fale comigo, ó mestre...

Sofia gritou para o tio:

— Segundo andar. Última janela na direção dos fundos.

Tio Fausto imediatamente correu em direção à escada, mas trombou com Laerte, que se colocou no seu caminho, impedindo-lhe a passagem.

— Saia da minha frente, seu caniço de duas pernas! — esbravejou, aflito, enquanto o mordomo tentava lhe agarrar os pulsos.

— Lamento, mas o senhor não está autorizado a visitar a ala íntima da residência.

Eles ficaram se estranhando cara a cara por alguns minutos, até tio Fausto fingir entregar os pontos. Então, fez menção de que iria se afastar de volta à sala e, quando Laerte já havia baixado a guarda, voltou-se inesperadamente a ele e deu-lhe uma rasteira. O mordomo perdeu o equilíbrio e caiu sentado no chão. Vendo o caminho livre, já que Carola continuava ajoelhada na sala, tio Fausto não pensou duas vezes e avançou escada acima, antes que o mordomo tivesse tempo de se levantar e detê-lo. Confiando no seu senso de direção, embrenhou-se por um labirinto de corredores até encontrar uma porta fechada. Ela estava trancada, mas por descuido a chave continuava na fechadura. Tio Fausto a girou e empurrou a porta. Ivan estava de pé, ainda espiando a movimentação pelo buraco que ele fizera no vidro da janela.

— Vamos embora depressa — gritou o tio. — Antes que a prima prenda nós três aqui dentro.

Ivan correu para fora do quarto:

— Pensei que não fossem me encontrar!

— Seria impossível não encontrá-lo depois do estrago que você fez. Duas janelas de vidro quebradas e uma estatueta em pedaços! Nota-se que você não queria mesmo ficar aqui.

Eles desceram a escada correndo, quase tropeçando na própria pressa. Na mesma hora, Sofia correu para escancarar a porta de entrada e eles correram na direção dela. Carola continuava ajoelhada no chão, catando os fragmentos do busto despedaçado. Ao ver tio Fausto e Ivan atravessando a sala, ela berrou, enquanto agitava os braços descontroladamente:

— Me aguardem, seus destruidores de lares alheios! Vou afogar todos vocês no rio Maracanã assim que eu puser as mãos nos Manuscritos de Éfeso! Por Platão, eu juro que vou! Vocês não perdem por esperar!

Depois, ainda ajoelhada, virou-se para Laerte, que estava parado atrás dela, avaliando os estragos na janela:

— Chame os meus agentes de confiança. Quero esses três vigiados dia e noite. Preciso descobrir o que eles estão me escondendo e o que os Manuscritos têm a ver com isso tudo.

— Para quando, senhora?
Um brilho maligno surgiu nos olhos de Carola:
— Para ontem!

8 OITO CARTAS DE UMA SÓ VEZ

Foi uma manhã de terça-feira tranquila no Colégio Educandário Dois Irmãos. Calma e também um pouco triste por causa da morte do diretor. Em consequência da notícia inicialmente divulgada de que o velório aconteceria no salão nobre da escola, vários arranjos de flores, enviados por pais de alunos, professores, amigos e familiares do falecido, foram encaminhados para lá e acabaram colocados no gabinete de Moacir Portela, ao lado de mensagens de condolências e telegramas recebidos ao longo do dia anterior. Dona Dilma, a coordenadora do período da manhã e pessoa mais poderosa na escola depois do diretor, incumbiu-se de receber, em nome da instituição, as pessoas que vinham dar os pêsames pessoalmente. Ela também se encarregou de comunicar que o velório teve de ser transferido, à última hora, para uma capela no cemitério de São João Batista, pois uma orientação, registrada em cartório pelo próprio Moacir Portela, desaconselhava, no caso de falecimento dele, a suspensão das aulas. Portela queria que tudo continuasse funcionando normalmente, já que, para ele, a educação dos alunos de seu colégio era mais importante do que qualquer outra coisa.

Terminado o turno, Ivan desceu a escada, entrou cantarolando no banheiro que dava para o pátio; trancou-se em um dos reservados e aliviou a bexiga. Ouviu vozes falando baixo. Quando foi lavar as mãos, reparou que o banheiro estava vazio e todos os reservados se encontravam abertos, à exceção de dois. "De onde vêm essas vozes?", o garoto pensou e resolveu matar a curiosidade se abaixando para espiar por baixo de uma das portas fechadas. Viu, então, uma cena no mínimo curiosa: pelo vão inferior que dividia esses reservados, a mão do ocupante do primeiro passava uma coisa para as mãos de alguém que estava no segundo. Ivan teve quase certeza de que era dinheiro, mas preferiu não especular. Ele já tinha flagrado outras vezes dois garotos de ti-ti-ti nos reservados, mas nunca dera importância. Tratou de ir logo embora, antes que as portas se abrissem e alguém o visse ali.

Já no pátio, encontrou sua irmã e se dirigiram juntos para a saída. No caminho, esbarraram na abominável Lorena, a fofoqueira venenosa, a autoproclamada "patricinha número um da Gávea". Ela mal conteve uma risadinha ao notar o cabelo de Sofia:

— Esse vermelho ficou muito ridículo, garota. Você está parecendo um espantalho.

Sofia abriu uma careta amarela:

— Está com inveja, querida? Pois fique sabendo que esta não é uma tinta qualquer. Ela tem poderes afrodisíacos sobre os homens. Pena que você não vai conseguir comprar.

Lorena caiu na gargalhada:

— Queridinha, eu compro *tudo* o que eu quiser. Até você eu compro se quiser, tá legal?

— Ah, é? E se eu te disser que esta tinta é uma mistura de urucum, ova de peixe, gordura de baleia e pó de asa de borboleta do Congo, preparada pelo feiticeiro da tribo dos M'blemba, na África, que só a vende em troca de dez ratazanas vivas mais um corte de dois metros de pele de rinoceronte branco?

— Se você me disser, é óbvio que eu não vou acreditar.

Sofia olhou demoradamente para ela:

— É melhor acreditar, Loreninha. E tem mais: você nunca vai ter um cabelo igual ao meu porque eu NUUUNCA vou te dar o nome do feiticeiro. Entendeu, queridinha?

E foi embora, toda faceira, acompanhada pelo irmão. Na calçada da rua, no caminho de casa, Ivan perguntou a ela:
— Por que você inventou essa história de feiticeiro? O seu cabelo foi pintado com uma tinta que você comprou numa farmácia que fica logo ali em frente...
— Aquela garota é muito metida. Precisa levar uns trancos de vez em quando. Aposto com você que ela vai tentar, a todo custo, descobrir esse tal feiticeiro para conseguir uma tinta igual à minha. Coitada... Além de metida é tapada. Acredita em tudo o que lhe dizem.
— Hoje foi um dia meio triste na escola, né? — disse Ivan, mudando de assunto.
— Sim, mas também foi sossegado. Os alunos estavam todos quietos. Não houve nenhuma confusão. Parecia que todo mundo estava sentindo a morte do seu Moacir.
Andaram até parar na primeira esquina. O sinal da rua transversal estava aberto para os carros. Do outro lado, Otto e Vinícius conversavam. Conhecidos em quase todo o colégio como "Troglo" e "Dita", esses garotos viviam envolvidos em brincadeiras ridículas e violentas e andavam sempre juntos.
— Veja só aqueles dois — comentou Sofia. — Não se desgrudam nunca.
O sinal abriu para os pedestres, ela e o irmão atravessaram. Ivan disse:
— Vai ver estão bolando a confusão que vão armar amanhã. Hoje não puderam, pois não havia clima e eles devem ter sentido isso. Para ser sincero, eu nem vi os dois hoje na escola.
Chegando à rua dos Oitis, mal entraram em casa e a primeira coisa que ouviram foi a voz alta e empolgada do tio Fausto vinda lá do escritório. Ele declamava com vigor mais um texto num idioma antigo. Desta vez o escolhido era o grego:
— *Hôsper toinun grammèn dicha tetmèmenèn...*
Não era, por certo, nenhuma homenagem à prima Carola, uma fã assumida dessa língua. Sofia subiu para o quarto, enquanto Ivan foi lavar as mãos no pequeno lavabo, ao

lado da sala de jantar. Ao sair, ele topou com Ruth, que lhe disse, enquanto arrumava a mesa para o almoço:

— Seu tio pediu para você ir falar com ele assim que chegasse.

Ivan agradeceu pelo recado e foi em direção ao escritório. Bateu na porta, ninguém respondeu. Tio Fausto parecia ficar surdo quando se punha a declamar daquela maneira.

— ... *hèmas zôis kai pan to phuteuton*...

O garoto não teve outro jeito, senão abrir a porta.

— ... *È kai ethelois*... — tio Fausto parou subitamente de falar e esticou os olhos na direção do sobrinho: — Quantas vezes eu vou ter que dizer...

— ... para não entrar sem bater? Já sei — completou Ivan, deixando-se cair na poltrona em frente da escrivaninha. — Só que a gente bate e você nunca ouve. — Ele esperou uma nova reprimenda do tio, mas, como esta não veio, emendou: — A Ruth disse que você queria falar comigo. Aconteceu alguma coisa?

— Aconteceu. Dê uma olhada nas cartas que chegaram.

Tio Fausto apontou com o polegar para vários envelopes selados, acomodados no canto da mesa. Eram oito, no total. Ivan sentiu um arrepio de pânico na espinha, percebendo na hora do que se tratava, mas procurou disfarçar. Não queria acreditar no que os seus pensamentos estavam sugerindo.

— Encontrei-as faz uma hora na caixa de correspondência. São para você, não são?

O garoto conferiu o endereço de postagem de cada um deles e disse, irônico:

— Aqui está o destinatário: Ivan Seabra, Rua dos Oitis, 75, Gávea, Rio de Janeiro. Ivan Seabra sou eu. Rua dos Oitis, 75 é o endereço desta casa. Gávea é este bairro, que fica no Rio de Janeiro, que, por acaso, também é esta cidade. Não sei o que faz você imaginar que estas cartas sejam para mim.

— Não é hora de brincadeiras, Ivan. São oito cartas iguais, sem remetente. Será que você não é inteligente o bastante para imaginar o que tem dentro delas?

O garoto soltou o ar dos pulmões com força, entregando os pontos:
— Uma ameaça. Parecida com as outras...
— Exatamente. Fiquei preocupado quando encontrei as cartas e acabei abrindo uma delas, para saber se continha mesmo uma ameaça. — Tio Fausto fez uma pausa e, meio constrangido, acrescentou: — Sei que isso não se faz, que não se deve ler a correspondência dos outros, e peço que me desculpe por isso.
O tio estendeu o envelope aberto para o sobrinho, que o apanhou, relutante. Ele tremeu por dentro ao desdobrar e ler o papel que havia dentro:

ESTE É O MEU ÚLTIMO AVISO: SUMA DE UMA VEZ POR TODAS E NÃO SE ATREVA A CONTAR O QUE VIU NAQUELE DIA. SE ATÉ AMANHÃ VOCÊ CONTINUAR NA CIDADE, O SEU DESTINO SERÁ MAIS TRÁGICO DO QUE O DO MOACIR PORTELA. ESTÁ NA HORA DE VOCÊ DEIXAR DE SER UM ENXERIDO E DEDO-DURO.

A mensagem era bem mais agressiva do que as anteriores. Ivan sentiu o chão lhe faltar. Estava pálido e gelado de medo. Tio Fausto abriu os outros sete envelopes. Todos continham o mesmo texto. Fosse quem fosse o autor, ele deixava o aviso muito claro.
— O que foi que você "viu naquele dia"?
Ivan meneou a cabeça:
— Não faço a menor ideia.
— O autor anônimo da carta dá a entender, embora não assuma claramente, que pode ter matado o Moacir Portela. Isso talvez comprove aquilo que nós já supúnhamos: que essas ameaças e o envenenamento do diretor estão, de alguma maneira, ligados.
— Não tenho tanta certeza.
O garoto respirou fundo, a fim de recobrar o fôlego, e perguntou:

— Quando essas cartas chegaram?

— Não sei exatamente. Como eu já lhe disse, encontrei-as na caixa do correio uma hora atrás, quando cheguei da delegacia.

— O que você foi fazer na delegacia?

— Falar justamente sobre essas ameaças que você vem recebendo. Só que ninguém me levou a sério e eu nem consegui registrar a queixa. Os policiais que me atenderam disseram que isso, provavelmente, é uma brincadeira de adolescentes, que algum colega seu está querendo se divertir à sua custa e que nada indica que esses bilhetes tenham alguma coisa a ver com a morte do diretor. Pelo visto, vamos ter de investigar por conta própria.

Naquele instante, Sofia apareceu no escritório. Tinha prendido a cabeleira vermelha num rabo de cavalo e trocado de roupa, colocando uma camiseta *baby look*.

— Oi, tio. Estava trabalhando na *História definitiva da civilização*?

— Estava. Mas agora temos um problema sério. Seu irmão recebeu novamente aquelas ameaças. Desta vez foram oito. A coisa está ficando séria.

A garota pegou uma das cartas e leu. Sentiu um nó no estômago. Agora o autor das ameaças estava pegando pesado.

— Será que isso é coisa da prima Carola? — ela indagou. — Por causa do que aconteceu ontem?

— Eu também pensei nisso — disse Ivan. — A prima deve ter ficado uma onça por eu ter destruído a estatueta do Platão. Ela reverencia esse filósofo como se ele fosse um santo, reza para ele todos os dias. Carola quer encontrar os Manuscritos de qualquer jeito e acha que o espírito de Platão vai ajudá-la. No quarto onde ela me prendeu, tinha uma porção de livros; todos, sem exceção, falavam de Atlântida ou de Platão.

— Suspeitamos da prima, mas não temos certeza — disse o tio. — Só que essa história de mensagens anônimas já foi longe demais. Precisamos descobrir quem está fazendo isso.

— Como? — perguntou Sofia.
Tio Fausto se recostou na cadeira, suspirando fundo:
— Ainda não sei.
Ivan levantou uma sobrancelha:
— Tio, você disse agora há pouco que tudo indica que as cartas e a morte do seu Moacir podem ter alguma relação, não disse? Se é assim, se descobrirmos quem é o assassino, existe uma chance de encontrarmos também o autor destas cartas e, assim, podermos desvendar os motivos dessas ameaças.
— Certo. Mas de que maneira faremos isso? — indagou o tio. — Não deve ser fácil encontrar um assassino hábil e calculista, que envenena uma pera para matar sua vítima.
— Isso é verdade. Mas deve existir um caminho para se chegar até ele... ou ela. E um bom começo seria investigar a vida do seu Moacir. Ele não foi envenenado à toa. O diretor devia saber de alguma coisa que interessava ao assassino. Ou, então, sabia de alguma coisa que o assassino não queria que ninguém soubesse.
— O paradeiro dos Manuscritos de Éfeso, por exemplo — especulou Sofia.
O garoto coçou a testa:
— Ou talvez alguma outra coisa de que a gente nem faça ideia. No gabinete do seu Moacir deve haver pistas que levem a uma solução.
Tio Fausto olhou demoradamente para o sobrinho, antes de perguntar:
— Você não está sugerindo que nós entremos lá para procurar por essas pistas, está?
Ivan olhou marotamente para o tio, encolheu-se na cadeira e respondeu, quase num murmúrio:
— Por que não, tio?
— Porque isso seria uma maluquice sem tamanho! — berrou o tio. — Maior até do que aquela sua ideia de jerico de ir se enfiar, ontem, na casa da prima Carola para perguntar se ela tinha matado o diretor por causa dos Manuscritos de Éfeso. Você já imaginou se alguém nos flagra entrando no gabinete do Moacir? O que vão pensar?

— No mínimo, que fomos nós que o envenenamos e que decidimos voltar lá para apagar vestígios e surrupiar provas contra nós — deduziu Sofia.

Ivan detestou aquela resposta. Nada contra a sua irmã se opor à ideia, mas pelo menos ela podia ficar calada.

— Mas ninguém precisa saber, gente — argumentou Ivan. — Nós vamos à noite, quando a escola fica vazia. Nem vigia noturno tem lá, eu sei disso.

— Supondo, de leve, que eu, numa hipótese muuuito remota, concorde com essa proposta absurda e ensandecida — disse tio Fausto, gesticulando muito —, como nós faríamos para entrar numa escola fechada? Pulando de paraquedas?

— Não. Pulando o muro.

— Pulando o muro? Sei. E na sala do diretor, como iríamos entrar? Afinal, imagino que ela fique trancada durante a noite. E, além do mais, a polícia deve tê-la isolado por causa das investigações...

— Nem uma coisa nem outra. Desde hoje cedo o gabinete do seu Moacir está entulhado de flores enviadas por amigos, professores, funcionários da escola e pais de alunos, que pensaram que o velório aconteceria lá. Os vasos não couberam no gabinete e acabaram ocupando também a sala do secretário. Mesmo que quisesse, ninguém conseguiria fechar as portas com todas aquelas flores, nem a polícia. Só vamos precisar entrar no prédio e, uma vez lá dentro, teremos acesso livre a toda parte. Existem várias janelas das salas de aula do térreo que não fecham direito, porque as fechaduras e dobradiças estão enferrujadas ou com defeito. Ou seja, entrar na escola não vai ser um problema tão grande assim.

Tio Fausto desviou os olhos para os envelopes abertos com as ameaças recebidas por Ivan. Não era hora de se acovardar. A segurança do seu sobrinho estava em jogo. Um maluco estava mandando aquelas cartas e, se ele já tinha feito uma vítima fatal, nada garantia que não faria uma segunda.

— Bem... — o tio pigarreou — se você nos garante que

não encontraremos nenhum obstáculo... É um caso a ser pensado.

Sofia levou a mão ao rosto. Não estava acreditando que o tio iria concordar com aquela ideia sem pé nem cabeça. E o pior é que, assim como aconteceu no incidente na casa da prima Carola, mais uma vez ela acabaria sendo arrastada junto, quer quisesse, quer não.

9 INVESTIGAÇÃO NA CALADA DA NOITE

Eram oito da noite quando três vultos avançaram pela penumbra deserta do arborizado setor residencial da rua Marquês de São Vicente. Alguns carros zuniam nos dois sentidos da via de mão-dupla, indiferentes ao movimento nas calçadas. Esgueirando-se sob a proteção da sombra das árvores, Ivan, Sofia e tio Fausto, munidos de duas lanternas, caminharam até a entrada do Colégio Educandário Dois Irmãos. A noite estava bastante fresca e Sofia escondeu a cabeleira vermelha num gorro de tricô rosa-claro com babados, mais uma de suas extravagantes invenções de estilo.

Eles olharam para os lados, cautelosos, e constataram que não havia ninguém à vista que pudesse testemunhar o que estavam prestes a fazer. Ivan apontou para um canto, onde o muro era um pouco mais baixo e apresentava algumas pequenas fendas e ondulações que poderiam servir como apoio para os pés. O tio subiu primeiro. Era a segunda vez, em pouco mais de vinte e quatro horas, que ele pulava um muro. Esperava, sinceramente, que aquilo não se tornasse um hábito. Tio Fausto chegou ao topo e olhou em torno. O local estava vazio. Fez sinal de positivo com o polegar para Ivan e Sofia subirem e pulou para dentro do terreno. A garota foi em seguida. Ela não queria sujar muito a roupa e, por isso, demorou um pouco mais a completar a escalada, para desespero de seu irmão, que queria sair logo da calçada, onde algum passante poderia flagrá-lo. Mas nada disso aconteceu e, em questão de minutos, estavam os três, a salvo, caminhando pelo jardim em direção ao pátio.

— A escola fica bem sinistra à noite — comentou Sofia, olhando a copa da amendoeira sob a qual eles se sentavam todos os dias para lanchar; a árvore se projetava contra o céu escuro formando uma silhueta assustadora. — Nunca tinha vindo aqui a esta hora.

— Nem eu — murmurou Ivan.

Chegaram ao centro do pátio. Tio Fausto espiou ao redor e perguntou:

— Onde fica a diretoria?

— Lá — Ivan apontou para a ala direita da construção.

— Mas nós vamos ter que dar uma volta meio grande para chegar lá. Muitas janelas aqui do térreo não fecham direito, por causa das fechaduras que estão frouxas. Mas a que está em pior estado é a da sala do sétimo ano, que fica bem ali. — Ele indicou uma janela bem na ala central do prédio. — A gente entra por ela e segue pelos corredores até a sala do seu Moacir.

— Não há o risco de nos perdermos aí dentro?

— Eu e a Sofia conhecemos bem a escola. Fique tranquilo.

Tio Fausto continuou em dúvida, enquanto eles caminhavam até a tal janela, sempre olhando para os lados, a fim de se certificar de que não havia ninguém à espreita. Ivan se agachou para conferir a largura do vão entre a janela e o batente, e sentenciou:

— É esta!

Ele e o tio enfiaram as mãos por baixo da janela e a abriram sem dificuldade. Os três entraram e se viram, então, dentro de uma sala de aula. Tornaram a fechar a janela, acenderam as lanternas e saíram lentamente da sala, dobrando à direita num extenso corredor. À medida que se aproximavam da diretoria, começavam a sentir o aroma forte das flores que tinham chegado durante o dia todo. Foram caminhando devagar, tomando sempre o cuidado para não esbarrar nos arranjos de flores distribuídos pelo chão. Tio Fausto fez um alerta:

— Toquem o mínimo possível nas paredes e nos objetos. Se descobrirem que alguém entrou aqui, poderão resolver checar as impressões digitais de todo mundo, e aí estaremos perdidos.

Os três passaram pela sala de Geraldo, o secretário, e chegaram ao gabinete de Moacir Portela. Conforme Ivan previra, a porta estava realmente aberta. Em compensação, o cômodo se encontrava tão apinhado de vasos que se locomover ali sem derrubar nada seria quase um ato de bravura. O perfume acre das flores no ar era muito intenso e penetrava com força pelas narinas, chegando a ponto de arder. Havia algumas fitas amarelas da polícia demarcando e interditando o local, mas elas estavam mal colocadas e transpô-las foi tarefa fácil.

— Só espero que o cheiro dessas flores não me faça espirrar demais — comentou Sofia, tapando o nariz com as mãos.

— E eu só espero que você não espirre nem demais nem de menos — repreendeu o tio. — Já pensou se alguém te ouve?

Àquela altura, Ivan já tinha conseguido atravessar boa parte do gabinete e, agora, sentava-se na cadeira do diretor. Ele puxou uma gaveta, direcionou o foco da lanterna para dentro dela e abriu um sorriso:

— Venham ver o que eu achei! — chamou ele, entusiasmado. — Depressa!

Tio Fausto e Sofia andaram na direção de Ivan. O tio acabou tropeçando num vaso e teve de parar para colocá-lo de novo no lugar. O sobrinho retirou uma pasta transparente da gaveta e a abriu sobre a mesa. Tio Fausto pôs os óculos para ler:

— Meu Deus! O que é isso?

Eram cartões-postais. Vários deles presos por um clipe a um folheto de propaganda turística escrito em turco e inglês e impresso na Turquia, no qual se lia na capa:

EFES — EPHESUS

— Éfeso! — exclamou o tio, ajeitando os óculos, sem disfarçar a surpresa.
Ele conferiu os postais. Todos eram de Éfeso e da cidade vizinha de Selçuk, na Turquia. Mostravam lugares históricos como a Porta de Hércules, a Fonte de Trajano e a Basílica de São João, erguida no local onde Anácrito havia encontrado os Manuscritos de Éfeso.
Tio Fausto continuou vasculhando a pasta. Quase caiu para trás quando encontrou uma fotografia do próprio Moacir Portela em pé diante das ruínas da Porta de Hércules. Atrás, vinha escrito à mão que a foto fora tirada no dia 21 de fevereiro daquele ano, em Éfeso.
— Então, quer dizer que Moacir Portela esteve em Éfeso no mês passado...? Por que ele não me contou nada?
— Pensei que você soubesse... — declarou Sofia, surpresa.
— Não. Ele me contou que viajou só a Atenas para um congresso sobre educação.
— Estranho ele não ter contado — comentou Sofia. — O seu Moacir pareceu gostar tanto de você. Até um CD ele te deu de presente... Que dia foi o congresso?
— Entre 24 e 27 de fevereiro. Então, ele esteve em Éfeso antes disso.
No fundo da pasta, havia ainda duas folhas grampeadas e impressas com o logotipo de uma agência de viagens e endereçadas a Moacir Portela. Nelas apareciam os nomes de hotéis em várias cidades, com preços de diárias de hospedagem e datas de chegada e saída. O itinerário começava em Istambul, na Turquia, e terminava em Atenas, com passagens por Éfeso e pela cidade turca de Kusadasi, na costa do mar

Egeu. Kusadasi, um balneário de gente rica, ficava a cerca de quinze quilômetros de Éfeso.

— Istambul é como se chama hoje a antiga Constantinopla, para onde Anácrito levou os Manuscritos depois que ele partiu de Éfeso — explicou tio Fausto. — A cidade mudou oficialmente de nome em 1930.

— Então, o diretor visitou as duas primeiras cidades por onde os Manuscritos de Éfeso passaram depois de terem sido descobertos, incluindo a própria Éfeso? — constatou Ivan.

— Exatamente — concordou o tio. — Moacir pode ter ido a Éfeso para examinar o local antes de se encontrar, em Atenas, com o professor Kostas Kostalas, que, como eu já disse a vocês, é o maior estudioso dos Manuscritos de Éfeso em todo o mundo.

— Tudo muito suspeito... — murmurou Sofia. — As peças parecem se encaixar direitinho. Mas será que o seu Moacir foi mesmo assassinado por causa disso?

O tio encolheu os ombros, sem saber ao certo se sim ou se não. Ele abriu mais duas gavetas. Na primeira, chamou-lhe a atenção uma pasta preta, com uma etiqueta em que vinha escrito "confidencial". A pasta estava aberta e não havia nada dentro dela. Tio Fausto achou aquilo curioso, mas não parou para pensar a respeito, pois naquele momento isso seria perda de tempo. Na segunda gaveta, ele encontrou a agenda pessoal de compromissos do diretor, que devia estar intocada desde a manhã do dia anterior.

Tio Fausto se sentou na cadeira e começou a folheá-la devagar, sob as luzes das lanternas seguradas pelos sobrinhos, que observavam tudo atentamente, cada qual de pé de um lado da cadeira. Ele procurou pela terça-feira da semana anterior e encontrou lá assinalado, ao meio-dia: "reunião com o senhor Fausto Seabra, tio de Sofia e Ivan, alunos, respectivamente, do 8º e do 9º ano". Pulou, então, algumas páginas e chegou até o dia anterior, segunda-feira. Havia apenas um único compromisso agendado com um tal Ernesto Fritzen, anotado na parte da manhã, mas sem um horário especificado. A realização do encontro estava em aberto, já que, abaixo do nome de Ernesto, Moacir escrevera em letras de forma: "a confirmar".

Ele continuou virando as páginas e descobriu o nome de Ernesto Fritzen anotado várias vezes em dias diferentes da agenda, algumas numa mesma semana. Era, sem dúvida alguma, o nome que mais aparecia na agenda, e tio Fausto, por via das dúvidas, anotou-o num papel, aproveitando para copiar também o itinerário da viagem de Moacir e a data em que a foto dele em Éfeso fora tirada. Depois guardou o papel no bolso da calça.

Eles prosseguiram com as buscas, vasculhando as gavetas e a estante atrás da mesa, quando, de repente, o ranger de uma porta, seguido do ruído do farfalhar das folhas dos vasos dispersos pelo chão, encheu o ambiente de maneira aterradora. Tio Fausto, Ivan e Sofia gelaram de pânico. Aquilo não tinha sido o vento; afinal, não estava ventando lá fora. Só podia ser alguém que acabava de entrar ali. A escola tinha seguranças? Ivan e Sofia achavam que não, mas como ter certeza? Eles não passavam vinte e quatro horas por dia lá dentro para poderem afirmar com exatidão.

As lanternas foram apagadas e os três se abaixaram atrás da mesa. Se o intruso tivesse visto luz no gabinete, eles não teriam mais escapatória. O barulho das flores e folhas se mexendo foi ficando mais forte. "Como escapar desta situação?", pensou tio Fausto, com o coração aos pulos. Como explicar, a quem quer que fosse, o que eles estavam fazendo ali dentro àquela hora da noite?

Um vaso tombou no chão e Sofia esticou a cabeça para olhar. Ouviram um miado. Ivan acendeu a lanterna. Um gato tinha acabado de entrar no gabinete, um dos gatos que circulavam pela escola todos os dias e às vezes dormiam por lá. Os três suspiraram de alívio. Foi a deixa para tio Fausto anunciar:

— Já ficamos tempo demais aqui. Vamos embora agora.

— Acha que já descobrimos o suficiente? — perguntou Ivan.

— Não sei. Só sei que é arriscado continuarmos na escola. Agora foi um gato. Nada garante que, daqui a pouco, não seja um vigia.

Sem que ninguém notasse, Sofia apanhou a pasta transparente com os postais, fotos, folhetos e roteiro de viagens, mais a agenda de seu Moacir, e colocou debaixo do braço. No escuro, nem o tio, nem o irmão a veriam carregando tudo aquilo. O único problema seria na hora de pular o muro, mas, quando chegasse lá, ela daria um jeito.

Desta vez, eles preferiram sair por uma janela mais próxima, em vez de atravessar todo o primeiro andar novamente. Afinal, abri-las por dentro era muito mais fácil. Eles saíram e atravessaram o jardim até o mesmo lado do terreno de onde tinham vindo. Ivan pulou o muro primeiro, seguido do tio. Sofia foi a última e, antes de subir, prendeu estrategicamente a pasta e a agenda na cintura do vestido, apertando-a bem, quase espremendo o estômago. Ao descer do outro lado, retirou-as de novo.

Estavam todos ofegantes e esgotados, quando iniciaram o caminho de volta para casa pela rua escura e vazia. Desta vez, nem carros viram passar. Tio Fausto olhou casualmente para o lado e viu a sobrinha carregando displicentemente a pasta e a agenda.

— O que é isso na sua mão, menina? — repreendeu ele.

Nisso, dois homens subitamente surgiram das sombras da rua e, apontando revólveres, obrigaram os três a se encostarem na porta de metal de uma loja fechada. Ambos vestiam capuzes. Um deles disse, em voz baixa:

— Passeando a esta hora na rua, gente boa? Hoje em dia não dá para fazer isso, não... Dar mole assim é coisa de otário.

Tio Fausto cobriu a testa, desconsolado. Era só o que faltava: depois de toda aquela trabalheira de pular o muro da escola e percorrê-la furtivamente como um bandido, sofrer um assalto!

O outro bandido concordou com o comparsa e foi logo ordenando:

— É isso aí. Vamos passando tudo de bom que vocês têm aí!

Assustados, Tio Fausto e Ivan ofereceram as lanternas, mas eles recusaram:

— Isso aí não vale nada. Mas a mocinha parece ter uma coisa legal na mão. Posso dar uma olhadinha, docinho?

Sofia hesitou um pouco antes de entregar a pasta e a agenda. Não queria fazer aquilo, mas era melhor do que levar um tiro. Os dois bandidos pegaram o material, examinaram rapidamente e, em seguida, fizeram um gesto com as armas para os três irem embora:

— É para sair correndo e sem olhar para trás. Quero os três longe daqui em cinco segundos, senão vamos mandar fogo. Caiam fora daqui, depressa!

Tio Fausto pegou os sobrinhos pelas mãos e juntos saíram em disparada pela rua. Os bandidos, então, tiraram os capuzes e andaram devagar na direção inversa até um luxuoso e comprido Rolls-Royce prateado, parado na penumbra de uma esquina estreita, próximo ao colégio.

Laerte desceu do automóvel e passou um maço de dinheiro para os dois, recebendo em troca a agenda e a pasta:

— Bom trabalho — disse, com seu olhar usual de boneco de cera, conferindo tudo. — Agora, chispem daqui. Se precisarmos de novo, nós os chamaremos.

O mordomo entrou no carro e entregou os objetos para Carola, que estava sentada no banco traseiro.

— Excelente, meu bom Laerte. Excelente! Vamos descobrir, afinal, por que o idiota do meu primo e os seus dois sobrinhos insuportáveis decidiram invadir a escola neste horário insólito.

Carola foi girando devagar o cabo do lornhão para a frente, até ele ficar na horizontal, no mesmo nível das lentes, e, então, acendeu a lanterna acoplada à haste. Ela abriu primeiro a pasta. Examinou rapidamente os postais, passando, a seguir, para o folheto turístico de Éfeso. Seus olhos faiscaram por trás do lornhão:

Sofia hesitou um pouco antes de entregar a pasta e a agenda. Não queria fazer aquilo, mas era melhor do que levar um tiro.

— Éfeso! — murmurou ela, maravilhada. — Então, Fausto está realmente sabendo de alguma coisa nova sobre os Manuscritos. Não foi só um delírio meu.

A prima prosseguiu a busca, agora pela agenda. Folheou as páginas, correndo os olhos pelos compromissos marcados pelo diretor até o último deles, anotado no dia em que ele tinha morrido.

— "Reunião com Ernesto Fritzen, a confirmar"? — Carola se inquietou, para depois declarar: — Mas... Ernesto Fritzen... é o meu vizinho.

10 UMA EXPULSÃO MAL CONTADA

— Toda aquela trabalheira para nada! — suspirou Sofia, falando baixinho enquanto andava. — Dá até dó pensar que a pasta e a agenda do diretor que eu apanhei com tanto cuidado foram parar nas mãos daqueles dois marginais.

Ivan, que ia ao lado da irmã, não perdeu a chance de provocá-la:

— Não dizem que ladrão que rouba ladrão tem cem anos de perdão?

— Mas eu ia devolver tudo — protestou ela. — A gente só precisava de uns dias para examinar o material com calma. Não dava para fazer isso direito numa sala escura e com aquele mundaréu de flores quase asfixiando a gente.

Era manhã de quarta-feira, hora do recreio. Os dois haviam acabado de descer para o pátio. Avistaram Adriano sentado debaixo da amendoeira, começando a comer um sanduíche de queijo quente. Colega de classe de Ivan, Adriano era um cara tranquilo, meio calado e com uma capacidade impressionante de memorizar frases e fatos. Os irmãos se sentaram ao lado dele e desembrulharam os sanduíches que tinham trazido de casa.

— Já souberam da última? — perguntou Adriano.

Ivan e Sofia fizeram que não com a cabeça.

— A polícia terminou de analisar a pera que matou o seu Moacir. Parece que ela estava mesmo envenenada.

— Que grande novidade há nisso? — Ivan perguntou com fastio, sem demonstrar a menor surpresa.

— É que agora o que era uma grande suspeita está comprovado. Descobriram a substância que foi usada. Chama-se monofluoracetato de sódio. É um veneno para matar ratos, mais conhecido como 1080.

— Que nome mais complicado — Sofia fez uma careta.

— Como você soube?

— Estão comentando aí pelos corredores da escola. Eu ouvi a dona Dilma explicar que o 1080 é um dos venenos mais mortais que existem. Que não tem cheiro, não tem gosto de nada, não tem antídoto e que uma colherzinha de chá com o produto é capaz de matar até cem pessoas.

— Cruz-credo! — benzeu-se Sofia. — Eu não consigo entender por que alguém faria uma coisa dessas com o seu Moacir. Será que a pera não estava endereçada a outra pessoa e foi parar no prato dele por engano?

Adriano encolheu os ombros, endossando a dúvida dela. Ivan mastigou um pedaço do sanduíche e quase se engasgou ao declarar, com a entonação de voz de quem acabou de descobrir a pólvora:

— Só se foi o Geraldo que a colocou lá.

— Geraldo? — surpreendeu-se a irmã. — O secretário do seu Moacir?

— Exatamente. Ele mesmo me disse que era ele quem preparava o lanche do seu Moacir todas as manhãs. Se a pera estava lá, ela deve ter passado pelas mãos do Geraldo.

Sofia torceu o nariz, incrédula:

— É óbvio demais, Ivan. Se o Geraldo quisesse matar o diretor, ele usaria um outro método que não o incriminasse tão facilmente. Você está fazendo pouco da inteligência dele.

— Então, como a pera foi parar lá?

— Alguém pode tê-la feito chegar lá — opinou Adriano.

— Que eu saiba, o Geraldo não é plantador de peras, nem as trazia de casa.

— Elas deviam ficar guardadas num depósito aqui na escola, junto com outros alimentos e bebidas — arrematou Sofia. — Bastaria alguém entrar aqui à noite e colocar a pera com veneno junto com as outras. Eu, nem com toda a minha criatividade, não consigo pensar num motivo que fizesse o pobre do Geraldo assassinar o seu Moacir. Além do mais, Ivan, você se lembra da reação dele quando viu o cadáver estatelado lá bem no meio do gabinete, não lembra? O homem ficou branco como uma folha de papel. Pensei que ele também fosse cair duro.

Ivan permaneceu calado. Era inútil argumentar com quem já tinha uma opinião formada. Ele olhou ao redor e se surpreendeu ao constatar como o recreio estava calmo naquele dia. Aliás, na véspera também estivera assim. Seria efeito da morte do diretor no ânimo dos alunos?

— Vocês não perceberam que, de ontem para hoje, o pátio tem estado muito sossegado? — perguntou Ivan, casualmente.

Adriano respondeu:

— E deve ficar assim ainda por um bom tempo. Sabem o Otto, aquele arruaceiro que vive arrumando confusão, acompanhado do comparsa dele, o Vinícius?

— O que tem ele?

— Foi expulso.

— Expulso?! — perguntaram os irmãos, em uníssono.

— Quando?

— Anteontem.

Ivan ficou impressionado ao perceber que, até aquele momento, não tinha dado pela falta de Otto, embora os dois estudassem na mesma sala. Ele também não viera à escola no dia anterior. Otto era uma pessoa tão ridiculamente desprezível que, se Adriano não falasse nada, talvez Ivan passasse o resto do ano sem notar a ausência dele.

Adriano continuou:

— Não lembram que ele e o Vinícius estavam lutando durante o recreio, um atirando o outro contra a parede, provocando a maior confusão? Não lembram que a dona Dilma veio aqui separá-los e depois os levou lá para dentro? Pois é. Parece que desta vez acabou em expulsão.

— Na segunda-feira? Na hora do recreio? — perguntou Ivan, ressabiado. — Tem certeza?

— Claro que tenho. Vocês estavam aqui e viram tudo. Por que a surpresa?

— Porque na segunda-feira, quando eu fui falar com o seu Moacir no final do recreio, ele já estava morto. E, pelo regulamento, só o diretor pode expulsar um aluno da escola.

— E daí?

— Se o diretor já estava morto, como poderia assinar a expulsão?

— Vai ver, ele ainda não estava morto.

— Mas o Geraldo me disse que servia o lanche da manhã para seu Moacir entre nove e nove e meia... O recreio começa às dez... Só se, para expulsar o Otto, abriram uma exceção no regulamento.

— Dona Dilma alegou que ele estava perturbando demais a ordem interna na escola e que não poderia mais ficar. Não sei se vocês notaram, mas ontem ele já não veio.

— Por isso o pátio ontem também estava tão tranquilo — comentou Sofia. — O "Troglo" sem o "Dita" não é nada. É como um poste sem lâmpada.

Algumas ideias começaram a se embaralhar na mente de Ivan. Não sabia bem o que era, mas alguma coisa lhe dizia que aquela história não estava muito bem contada. Ele decidiu que, no final da aula, daria uma passadinha na sala da coordenadoria e perguntaria diretamente à dona Dilma sobre a expulsão de Otto. Com certeza, ela teria uma explicação sensata, na ponta da língua, e o caso seria esclarecido.

A sirene anunciando o término do recreio soou e todos os alunos começaram a afluir em massa para o prédio da escola. Ivan estava com a bexiga cheia e aproveitou para passar rapidamente no banheiro do térreo antes de subir para a aula. Ele abriu a porta e entrou logo num dos reservados, sem nem se dar ao trabalho de fechar a porta. Aliviou-se, apertou a descarga e, ao se dirigir à pia para lavar as mãos, viu, pelo reflexo do espelho, uma movimentação estranha nos dois últimos reservados, justamente os que ficavam bem no fundo do banheiro.

Devagar, ele foi secar as mãos e aproveitou para se aproximar um pouco mais e tentar saber com mais nitidez o que estava se passando. Um dos reservados estava fechado, mas a porta do outro, o que ficava encostado à parede, estava entreaberta, e havia alguém sentado, de lado, na privada tampada. O garoto firmou o olhar e viu que essa pessoa, um rapaz provavelmente, estava muito curvado para a frente. Ivan baixou instintivamente os olhos para o chão e viu, então, duas mãos trocando qualquer coisa pelo vão inferior que dividia as pequenas cabines, uma passando à outra um pequeno embrulho.

Ivan terminou de enxugar as mãos e percebeu que o vulto sentado no último reservado, com um boné laranja cobrindo-lhe a cabeça, o olhava fixamente pela pequena fresta da porta entreaberta. Não deu para ver quem era, e ele nem se preocupou com isso. Pressentindo a iminência do perigo, tratou de apressar o passo para sair logo dali.

Era a segunda vez em uma semana que Ivan via duas pessoas fazendo trocas entre si nos reservados do banheiro. O garoto subiu depressa para a aula, com a certeza de que aquilo não era boa coisa.

* * *

O turno da manhã chegou ao fim e uma multidão de alunos foi deixando a escola ao mesmo tempo, tagarelando e rindo alto. As exceções foram Ivan e Sofia, que esperaram a maioria dos colegas sair para ir falar com a coordenadora.

A coordenadoria da escola ocupava uma ala anexa ao gabinete do diretor. Dona Dilma se revezava no posto com a coordenadora do período da tarde, dona Núbia. Esta só chegava ao meio-dia e meia, e ainda era meio-dia e quinze. Ivan e Sofia entraram na coordenadoria devagar. Vários funcionários trabalhavam ali naquele momento e um deles organizava um arquivo. Era Geraldo, o secretário de seu Moacir. Um extenso balcão de compensado separava os funcionários dos visitantes. Havia sobre ele uma campainha, e Ivan a apertou duas vezes.

Foi o próprio Geraldo que veio atendê-los:

— Pois não?

— A dona Dilma está?

— Está sim — Geraldo abriu uma portinhola num canto do balcão e os dois entraram. — Acho que eu os conheço.

Não eram vocês que estavam na antessala do senhor Moacir na manhã em que ele morreu?
— Éramos nós mesmos — respondeu Sofia. — E você? O que está fazendo aqui?
— A diretoria está fechada esta semana, por motivos óbvios: estamos sem diretor. Fiquei sem função lá e me colocaram aqui por uns dias até o novo diretor ser nomeado, o que deve acontecer nas próximas duas semanas.

Ivan prestou bastante atenção na maneira como Geraldo falava, gesticulava e olhava. Ele era grandalhão, mas parecia ser um bom sujeito, incapaz de matar um inseto, que dirá uma pessoa. Talvez as suas suspeitas fossem mesmo infundadas, como defendiam Sofia e Adriano.

— Sabem chegar à sala da dona Dilma? — perguntou o homem, indicando com a mão. — Entrando por aquela porta ali, é a sala à esquerda.

Os dois agradeceram e seguiram o caminho indicado. Dona Dilma estava guardando papéis numa pasta, já se preparando para ir embora. Eles deram duas batidinhas na porta:

— Com licença, dona Dilma — interrompeu Ivan, educadamente. — Podemos falar com a senhora um instante?

Dona Dilma fez que sim.

— Algum problema? — ela perguntou.

— Não — respondeu o garoto. — Na verdade, é uma curiosidade. É verdade que um aluno chamado Otto foi expulso da escola esta semana?

— É verdade, sim. Era um arruaceiro. Eu diria, até, um mau elemento. Além de ser um péssimo aluno. Vivia criando confusão na escola, maltratando os colegas e perturbando a ordem interna. A expulsão foi decidida na segunda-feira, depois de uma briga que ele teve com um colega, Vinícius, durante o recreio.

— Mas no regulamento da escola não há uma norma dizendo que só o diretor pode decidir pela expulsão de um aluno?

— Sim, existe.

— Segunda-feira, na hora do recreio, o diretor estava morto. Como, então, a expulsão foi autorizada?

O olhar solícito e sereno de Dona Dilma se desmanchou no mesmo instante e se transformou numa expressão de espanto:

— Não compreendi a pergunta — gaguejou ela.

— O diretor fazia o seu lanche matinal todos os dias a partir de nove e meia. Foi comprovado hoje que a pera que ele comeu e que foi servida no lanche estava mesmo envenenada com um raticida chamado 1080. A briga que decidiu pela expulsão do Otto aconteceu na hora do recreio, depois das dez, hora em que o seu Moacir já estava morto. Se só ele podia assinar a expulsão...

— Já entendi! — interrompeu a coordenadora, rispidamente. — O que aconteceu foi que a expulsão desse rapaz, desse Otto, estava decidida antes. Ela foi assinada pelo senhor Moacir na sexta-feira.

— Mas a senhora acabou de dizer que ela foi decidida na segunda — insistiu Sofia.

— É... eu me atrapalhei. Na verdade, ele foi comunicado da expulsão na segunda, através de uma notificação enviada ao seu pai.

Ivan e Sofia se entreolharam disfarçadamente. Dona Dilma não estava sendo muito convincente.

— Mais alguma coisa? — ela perguntou, com azedume. — Estou de saída.

— Não, não... Era só isso — finalizou Ivan, fazendo um aceno com a mão. — Muito obrigado, dona Dilma. Até amanhã.

Os irmãos saíram da sala. Ivan estava com a pulga atrás da orelha. Desde quando dona Dilma, sempre tão séria e controlada, perdia a compostura daquele jeito? Ela havia ficado nervosa, e isso devia ter alguma razão. Próximo ao balcão ele viu Geraldo se afastar com uma resma de folhas para a máquina copiadora. Ivan teve uma ideia e cochichou qualquer coisa no ouvido de Sofia, que concordou com a cabeça. Ambos se aproximaram do secretário e perguntaram:

— Será que nós podemos pedir mais uma ajuda sua?
Geraldo sorriu afavelmente:
— Claro. Se estiver ao meu alcance...
— É que a dona Dilma acabou de contar para a gente que um amigo nosso, chamado Otto, um cara legal de quem nós gostávamos muito, foi expulso da escola esta semana. Foi uma notícia tão terrível, que ainda não estamos nem acreditando. Não é, Sofia?
Sofia quase riu. A interpretação de seu irmão estava perfeita. Que grande ator o teatro brasileiro estava perdendo!
— Nós queríamos dar uma olhada no termo de expulsão, assinado pelo seu Moacir. Será que tem como você consegui-lo para nós?
— Foi a dona Dilma quem autorizou?
— F... Foi. Exatamente. A dona Dilma pediu para alguém aqui nos mostrar. Ela disse que está de saída e que não tem tempo. É só mostrar e guardar de novo.
Ivan olhou para trás, para a porta que dava acesso à sala da coordenadora. Rezava para dona Dilma não sair de lá ainda.
Geraldo assentiu e puxou a primeira gaveta de um dos arquivos.
— Qual o nome do amigo de vocês?
— Otto. O sobrenome, a gente não sabe.
— Tudo bem.
Geraldo retirou um fichário da gaveta e o abriu, passando logo às páginas finais. O fichário estava dividido pelas semanas daquele mês. O termo de expulsão de Otto era a primeira folha daquela semana. O documento vinha rubricado por um rabisco que parecia ser a assinatura de seu Moacir, e a data era segunda-feira e não sexta, como dissera dona Dilma.
Ivan ficou matutando. Como seu Moacir poderia ter assinado aquele documento no dia em que foi envenenado, se ele sempre chegava à escola às nove horas e fazia primeiro um lanche, para só depois começar a trabalhar? Era um tanto improvável que ele tivesse aberto uma exceção para assinar a expulsão justamente no dia em que fora assassinado.

Naquele momento, Sofia cutucou de mansinho o braço dele e disse, num sussurro:

— Ivan. Olhe só para isto.

Ela tinha o dedo apontado para uma linha onde estava grafado o nome completo de Otto: "Otto Fritzen". Ivan sentiu um arrepio. Abaixo vinha a filiação: "filho de Tânia de Lucena Fritzen, falecida há três anos, e de... Ernesto Fritzen"!

"Ernesto Fritzen"... Aquele era o nome misterioso que eles tinham visto anotado na agenda de seu Moacir. Uma reunião entre os dois seria o seu único compromisso na segunda-feira, caso o diretor estivesse vivo. Ivan e Sofia se olharam estupefatos, como se tivessem acabado de desvendar um enigma milenar.

Perceberam, então, que estavam ali há quase cinco minutos. Era hora de guardar o fichário e ir embora, antes que dona Dilma aparecesse. Mas já era tarde para isso. Parcialmente escondida atrás do batente da porta, a coordenadora assistiu a tudo, desde o momento em que o fichário foi aber-

to. Ela esperou o documento ser guardado por Geraldo e os dois irem embora, retornou à sua sala e fez uma ligação:
— Alô! Senhor Ernesto Fritzen? Desculpe incomodá-lo, mas parece que surgiu um probleminha aqui. É melhor o senhor se apressar.

11 A SUSPEITA MUDANÇA DO VIZINHO

Um ronco ensurdecedor de motores em ação fez trepidar a mansão da prima Carola. Ela surgiu na sala furiosa, gritando por Laerte, que prontamente apareceu:
— O que está acontecendo? Que barulheira é essa?
— Caminhões, dona Carolina. Estão parados aí em frente.
— Na frente da minha casa?
— Parece que sim.
O barulho cessou. Carola puxou Laerte pelo braço e ordenou:
— Venha comigo. Quero ver isso de perto.
Deixaram a casa e atravessaram o jardim até o portão. A prima sacou o lornhão para observar melhor os dois caminhões estacionados na rua, um deles parado exatamente em frente da sua casa.
— Que atrevimento! — crispou-se ela. — Se eu quiser sair com o meu carro, como vou fazer?
Na casa ao lado, a entrada era guardada por duas fileiras de homens armados, uma de cada lado, ligando a porta ao segundo caminhão. Com o lornhão diante dos olhos, Carola se aproximou devagar e acenou para o primeiro homem da fila:
— Ei, cavalheiro! O senhor pode me explicar por que este caminhão está parado bem em frente da minha casa?

Ninguém respondeu. A megera ficou mais indignada ainda:

— Cortaram a língua de vocês? Será que eu vou ter de chamar a polícia para resolver isso?

Um homem mais atrás finalmente se manifestou:

— Quem é a senhora?

Carola recebeu aquela pergunta quase como um desafio:

— Sou Carolina Seabra Altieri, moradora da casa aqui ao lado, cujo acesso vocês fizeram a gentileza de bloquear.

— A senhora desculpe, mas é que o seu vizinho está de mudança — informou o homem. — Por isso os caminhões estão estacionados aqui.

Nesse instante, jovens carregadores começaram a sair com algumas caixas de dentro da casa. Ela perguntou:

— Ernesto Fritzen está de mudança? E posso saber por que cargas-d'água ele precisa fechar a entrada da *minha* casa para se mudar?

— Se a senhora não se importa, isso só deve levar mais meia hora, está bem?

As caixas continuaram sendo transportadas. Carola olhou para elas com algum interesse. Deviam conter objetos de valor, pois do contrário não haveria a necessidade de tantos brutamontes armados. Ernesto Fritzen era colecionador de antiguidades e obras de arte, e isso talvez explicasse aquela segurança toda. Ele e Carola nunca tinham sido amigos, e ela desconfiava que aquela decisão repentina de se mudar devia ocultar um propósito mais escuso. Ainda mais depois de ter flagrado o nome dele na agenda do diretor assassinado da escola dos sobrinhos de tio Fausto, junto com postais e folhetos de Éfeso. Ela tornou a entrar em casa e pediu a Laerte:

— Descubra para onde esse biltre do meu vizinho está fugindo. Sim, pois isso não é uma simples mudança. Está na cara que é uma fuga.

— Perfeitamente, senhora — respondeu Laerte, sempre com ares de majestade.

— Dependendo das circunstâncias da fuga, é bem provável que, no meio desse monte de caixas, estejam os Manuscritos que eu tanto procuro. — Ela fez menção de subir a escada, mas parou e se voltou novamente para o mordomo:
— E, antes que eu me esqueça: mantenha a vigilância sobre meu primo Fausto e os sobrinhos dele. Preciso estar a par do que aqueles três estão tramando para não ser passada para trás.

* * *

Logo depois do almoço, tio Fausto se sentou com Ivan e Sofia na sala para ouvir com calma as descobertas que eles tinham feito pela manhã na escola. Depois que os sobrinhos terminaram de contar tudo, ele respirou fundo e sentenciou:
— A dúvida é: se Moacir Portela assinou a expulsão do Otto na sexta-feira, como disse a coordenadora, por que uma reunião com o pai dele foi marcada na segunda? Com certeza, esse encontro era para tratar do mau comportamento do garoto e falar da possibilidade de expulsão, caso o mau comportamento persistisse. Essa é a conduta padrão numa escola. Não se expulsa um aluno sem os pais serem advertidos antes.
Tio Fausto limpou a garganta sonoramente e prosseguiu:
— Tem outra coisa: por que, já que tinha sido expulso na sexta-feira, o Otto continuava na escola na segunda, inclusive armando confusão com o colega dele no recreio? Não é impressão de vocês. Essa história está mesmo mal contada. O que eu não consigo enxergar é a ligação que ela pode ter com o assassinato do diretor. Uma coisa parece não ter nada a ver com a outra.
— Mas a dona Dilma está mentindo — argumentou Ivan. — E algum motivo ela deve ter para isso.
— Vocês acham o quê? Que foi ela quem matou o diretor?
Ivan e Sofia sacudiram os ombros, sem resposta.
— Vamos supor que sim, que a dona Dilma seja a assassina. O que ela ganharia mentindo sobre a expulsão do Otto? — inquiriu o tio.

Os sobrinhos permaneceram calados. Tio Fausto tinha razão. Em princípio, ela não ganharia nada. Ivan perguntou, subitamente:

— E se falássemos diretamente com os Fritzen?
— Que serventia isso teria? — indagou Sofia, incrédula.
— Ouviríamos a versão deles para a expulsão do Otto e confrontaríamos com a da dona Dilma. Se houver algum ponto obscuro, ele ficará evidente.
— A ideia não é má — observou o tio. — Mas como faremos para localizá-los?
— Muito simples — disse o garoto, levantando-se. — Procurando na lista telefônica.

Ele foi até o escritório e voltou trazendo o catálogo. Folheou-o e qual não foi a sua surpresa ao descobrir que Ernesto Fritzen morava na mesma rua que a prima Carola.

Tio Fausto não acreditou e precisou se certificar com os próprios olhos. Fritzen e Carola não só moravam na mesma rua como, pela numeração, eram vizinhos de porta.

Imediatamente, o tio se lembrou do acontecido na tarde de anteontem, quando, para resgatar Ivan da mansão da prima, ele e Sofia tiveram de pular o muro da residência vizinha. O segurança da casa se referiu ao proprietário mais de uma vez como "seu Ernesto". Tio e sobrinha se entreolharam. De repente, tudo ficou muito claro.

— Você se lembra, tio Fausto? — perguntou Sofia. — A casa estava cheia de obras de arte e objetos antigos. Havia muitas caixas espalhadas também. Parecia que ele ia se mudar.

Tio Fausto pôs a mão no queixo, intrigado:
— Os Fritzen? Iriam se mudar? Será?

Nesse momento, ele apanhou o telefone e fez uma chamada. Uma solene voz masculina atendeu do outro lado da linha:

— Residência do senhor Ernesto Fritzen. Boa tarde!
— Boa tarde. O Ernesto pode atender, por favor?
— O senhor Ernesto não se encontra no momento.

Quem gostaria de falar com ele?
— É um amigo. A que horas eu posso encontrá-lo?
— Lamento, senhor. Mas será difícil. O senhor Ernesto viaja hoje à noite com o filho e não terá tempo de atendê-lo.
É alguma coisa urgente?

Tio Fausto mordeu os lábios. Ernesto Fritzen viajaria naquele dia com Otto. Será que todas aquelas caixas espalhadas pela sala dele estavam ali por causa da viagem... ou então não seria uma simples viagem e, sim, uma mudança, como sugeriu Sofia? Ele tratou de responder, disfarçando suas suspeitas:

— Não, não é nada urgente. Só por curiosidade: para onde eles estão viajando?

— Para Atenas, na Grécia. O avião parte às seis e cinquenta da tarde.

Atenas? Um sinal de alerta disparou na mente de tio Fausto. Tantos lugares no mundo e Ernesto Fritzen estava indo justamente para Atenas? A terra de Platão, de Anácrito e do professor Kostas Kostalas, a cidade onde Moacir Portela estivera cerca de um mês atrás?

— Está certo. Muito obrigado, senhor. — Tio Fausto desligou o telefone e ficou parado por longos instantes, com o olhar perdido, até que, com um fio de voz, falou aos sobrinhos:

— Preciso pensar um pouco em tudo isso para decidir exatamente como agir. Me esperem aqui, que eu volto já. — Com a expressão preocupada, o tio se trancou no escritório.

12 O HOMEM DE CAPUZ

Meia hora tinha se passado. Tio Fausto permanecia em silêncio no escritório, e Sofia havia subido para o seu quarto. Ivan continuava sentado no sofá, completamente absorvido pelos momentos finais do livro *Os crimes ABC*, de Agatha Christie. Era o capítulo 34, clímax absoluto da trama, quando o detetive Hercule Poirot esclarecia, finalmente, o intrigante caso ABC.

De repente, o telefone começou a tocar. Ivan, com os olhos colados às páginas do livro, nem se deu conta, e o restante da casa, aparentemente, também não. Tio Fausto, trancado no escritório, talvez estivesse mais desligado do que o sobrinho; Sofia, fechada em seu quarto com o som no volume máximo, na certa nem ouvira a campainha. Coube a Ruth, após algum tempo, atender à ligação. Ela precisou cutucar o garoto sucessivas vezes e tomar o livro de suas mãos, para dizer que o telefonema era para ele.

Ser interrompido naquela altura do livro era uma maldade. Bastante contrariado, o garoto se levantou e foi atender. Uma voz masculina, grossa e pausada, falou do outro lado:

— É o Ivan?

"Não. É o Joaquim", Ivan, mal-humorado, por pouco, não respondeu. Bolas, o sujeito não tinha pedido para falar com o Ivan? Quem ele esperava que atendesse?

— Eu mesmo.

— Oi, Ivan. Eu estou ligando a pedido da coordenadoria da escola. Você, por acaso, andou recebendo umas cartas anônimas contendo ameaças?

Ivan se arrepiou na mesma hora:

— Andei sim. Por quê?

— Não tenho certeza, mas parece que descobriram quem estava fazendo isso.

A voz ao telefone era abafada, como se um papel ou lenço estivesse cobrindo o bocal.

— Descobriram? E quem é?

— Não dá para revelar por telefone. É uma história longa. Você precisa vir até aqui, à escola, para ouvir pessoalmente o que a coordenadora tem a dizer.

Ivan ficou pensativo. Já era de tarde e a coordenadora, naquele turno, era dona Núbia, que ele nem conhecia direito. Como ela poderia saber dos bilhetes? Por que o telefonema não partira da dona Dilma, a coordenadora da manhã e responsável pela sua classe? Será que, além de tudo, dona Dilma estava envolvida no envio das mensagens? E dona Núbia descobrira e resolvera chamá-lo às escondidas para lhe contar tudo? Não, não fazia sentido. A troco de que dona Dilma faria isso com ele? Era difícil acreditar. Se bem que ela estava muito estranha naquela mesma manhã quando ele e Sofia foram perguntar a ela sobre a expulsão de Otto. Alguma culpa ela devia ter.

— E então, garoto? — perguntou a voz, com impaciência. — Você vai vir à escola ou não vai?

— Sim, sim. A que horas eu devo ir?

— Agora mesmo. Você tem bicicleta?

— Tenho.

— Pois venha nela e venha sozinho. Eu vou avisar o porteiro para deixar entrar um rapaz de catorze anos, sozinho numa bicicleta. Lembre-se: se vier sem ela ou trouxer alguém com você, não conseguirá entrar. Ande depressa. Tudo acabará bem.

— Está bem. Eu vou agora. Espere... Só mais uma coisa: quem é você? Qual o seu nome?

Tarde demais. O telefone tinha sido desligado. Ivan também desligou, aterrorizado. Estava a um passo de descobrir quem estava mandando aquelas ameaças e por quê. O mistério, enfim, seria resolvido. Ele mal continha a expectativa, que crescia a cada segundo.

Preferiu não dizer nada a tio Fausto, nem a Sofia. Os dois poderiam cismar de acompanhá-lo à escola, e aí ele não conseguiria entrar. Saiu para o quintal e, como não avistou sua bicicleta em nenhum lugar, imaginou que Ruth devia tê-la colocado na garagem, para deixá-la protegida do sereno ou até mesmo de uma chuva inesperada.

O portão da garagem estava entreaberto. Ivan o empurrou e entrou. O local estava escuro. Procurou o interruptor para acender a luz, quando ouviu um estalo atrás de si, a porta fechando-se sozinha. Antes que pudesse olhar, foi surpreendido por um braço forte, que surgiu por trás, envolvendo o seu pescoço numa gravata e imobilizando-o com facilidade. Tudo aconteceu muito rápido. Paralisado, Ivan sentiu os joelhos vergarem, enquanto sua boca era tapada com uma fita adesiva grossa e potente. Ele tentou gritar, mas, com a fita, tudo o que produziu foram gemidos abafados. Rapidamente seus punhos foram amarrados pelas costas e, em seguida, foi atirado com violência no chão. Ouviu, então, uma risada longa e cavernosa.

Com alguma dificuldade, Ivan rolou para o lado e, de barriga para cima, defrontou-se, aterrorizado, com um vulto alto, robusto e de capuz xadrez na cabeça. O capuz tinha orifícios abertos na altura das narinas, da boca e também dos olhos, embora estes estivessem cobertos por enormes óculos escuros, espelhados e indevassáveis. Outra coisa que chamava a atenção no agressor era uma pequena almofada grossa de tecido azul, amarrada à cintura dele por um pano preto, comprido.

Ivan quis perguntar quem era ele e por que estava fazendo aquilo, mas a boca fechada com aquela fita asfixiante não permitia. A pessoa à sua frente sacou um pequeno telefone celular do bolso e o exibiu para Ivan:

— Que pena que você não vai poder falar com a coordenadora, não é? Mas, também, que importância teria? Ela não tem mesmo nada para lhe dizer. Você caiu como um pato no meu telefonema. Como eu imaginava.

Paralisado, Ivan sentiu os joelhos vergarem, enquanto sua boca era tapada com uma fita adesiva grossa e potente.

A tensão de Ivan subiu rapidamente a um nível quase insuportável e, por uma fração de segundo, ele pensou que fosse desmaiar.

— Fiquei impressionado em ver como é fácil entrar nesta casa. O telefonema que eu acabei de te fazer através deste celular foi só para você vir pegar a sua bicicleta na garagem. Ela estava parada ali fora e eu mesmo a trouxe para cá, imaginando que você viesse procurá-la aqui. Esta garagem é um lugar tranquilo, mais reservado, perfeito para a conversa que a gente vai ter agora.

"Conversa? Como conversa?", Ivan pensou, fazendo força para se soltar, mas os punhos estavam muito bem presos. Ele se empapou de suor tentando, sem nada conseguir.

— Isso, amiguinho. Veja se consegue se soltar. Você é valente, não é? Solte-se e venha aqui me bater. É a única chance que você tem de sair daqui numa boa.

O garoto continuou forçando os punhos atados. O desespero tomara conta dele agora. O homem à sua frente era perigoso. Ele precisava escapar dali de qualquer maneira, gritar pelo tio, pedir socorro à vizinhança.

— Sabe, Ivan... Eu até que simpatizo com você. O problema é que você tem o mau hábito de meter o nariz onde não deve. Acaba vendo coisas demais. Isso é ruim porque o resultado acaba sendo este: você caído e imobilizado aí no chão, tendo de ouvir a sua sentença final, quando ainda teria tanta vida pela frente.

"Sentença final?", apavorou-se Ivan, ainda se contorcendo. "Mas o que foi que eu vi de tão sério para merecer isto?"

— Eu sei que, se você pudesse falar comigo agora, ia prometer esquecer tudo o que viu e dizer que nada daquilo tinha importância para você. Mas o problema é que você *viu*. Você viu! Isso é muito grave, está entendendo? Você não podia ter visto nada. Nem por acidente. O fato de você ter visto e, pior ainda, ter visto várias vezes, transforma você numa testemunha perigosa que pode entregar a gente a qualquer hora. E isso não dá para admitir.

"Mas o que foi, afinal, que eu vi?", pensou Ivan, cada vez mais aflito.

O homem caminhou devagar até o garoto e chutou a canela esquerda dele:

— Você ia nos entregar, não ia? Hein? Ia ou não ia? Agoniado, Ivan meneou a cabeça negativamente. Claro que não iria entregar ninguém. Ele não conhecia ninguém que tivesse feito nada de errado, além da prima Carola e de dona Dilma.

— Eu já sabia que você negaria. Que outra reação alguém na sua situação teria? Está desesperado para ser solto, não é? Pois esqueça. Isso não vai acontecer!

O garoto lacrimejava, enquanto ouvia o seu coração acelerado, quase fora de controle. O homem deu outro chute na sua canela e ele sentiu uma pontada aguda de dor subindo por todo o corpo.

— Eu vou refrescar a sua memória. Lembra-se de hoje cedo, no final do recreio, quando você entrou no banheiro e viu duas pessoas nos dois últimos reservados do banheiro?

Ivan se lembrava, é claro. Uma cena estranha daquelas não era para ser esquecida assim, tão depressa.

O homem deu um soco violento no ar, seguido de um grito:

— Pois sempre que eu estava ali, tentando negociar calmamente com um colega, você aparecia para ver tudo! Era sempre você, você... Você sempre entrava naquele maldito banheiro nas horas erradas, nas horas em que não devia entrar. É claro que era de propósito. Você entrava lá para nos espionar. Para depois ir nos dedurar para o diretor, como você fez na semana passada, acompanhado do seu tio e da sua irmã. Eu sei que vocês foram falar com o seu Moacir. Eu vi vocês entrando na sala dele. E isso no dia seguinte em que você, mais uma vez, nos viu negociando no banheiro depois do recreio!

Ivan negou, balançando a cabeça. Não tinha ido à sala de seu Moacir para falar disso. Ele apenas tinha o hábito de, sempre que terminava o recreio, ir ao banheiro por precaução, para evitar ter de sair no meio de uma aula. Aliás, muitos alunos faziam isso. Ele nem reparava direito em quem encontrava lá dentro.

— Não adianta dizer que não. É claro que você esteve com o diretor naquele dia para nos entregar. Por que você acha que a expulsão do Otto Fritzen aconteceu menos de uma semana depois? Foi por sua culpa, seu dedo-duro. E eu tinha avisado você. Tinha avisado para se afastar da escola, para sumir e se calar, ou seria pior para você. Mandei aquelas cartas, insisti para você ficar na sua e cair fora, e nada.

"Então foi você?", perguntou Ivan, mentalmente. De fato, ele vira, algumas vezes, pessoas conversando nos reservados do banheiro na hora do recreio. Mas nem por um momento parou para pensar no que estavam fazendo ali e, sobretudo, se era algo bom ou ruim. Ivan não conseguia compreender o que ele podia ter dito ao diretor de tão comprometedor, a ponto de provocar a expulsão de um colega e o envio de todas aquelas ameaças.

— Hoje o covarde do Otto está fugindo para fora do país. Logo ele, que me ajudou aqui todo esse tempo; ele, que inclusive se encarregou de colocar as mensagens que eu escrevia para você na sua carteira, vai abandonar tudo e ir embora. O pai decidiu retirá-lo do país para proteger o "pobre filhinho", depois de tudo o que aconteceu. E eu vou ficar sozinho aqui, como um otário.

"Depois de tudo o que aconteceu?" O que ele estava querendo dizer com isso? Que ele e Otto tinham matado Moacir Portela?

Ivan conseguiu, por alguns instantes, dominar um pouco o medo e se pôs a raciocinar. O sujeito à sua frente não lhe parecia estranho. Ele era grande, alto e falava de uma maneira bastante familiar. Lembrou-se, então, de Geraldo, o secretário de seu Moacir. Seria ele? O contorno do corpo era mais ou menos o mesmo, e a voz... Bem, ele não se lembrava direito da voz de Geraldo, e o capuz que o homem usava abafava e distorcia a sua fala. O garoto estremeceu ao se lembrar que ele e Sofia pediram justamente a ajuda de Geraldo para fuçar os arquivos e encontrar o nome de Ernesto Fritzen no termo de expulsão de Otto. Ele talvez tivesse ouvido também a conversa que os dois tiveram com dona Dilma. Ou, pior ainda, ela podia ser cúmplice de Geraldo e de Otto no assassinato. Era uma hipótese repulsiva, mas que não tinha nada de impossível.

* * *

Tio Fausto finalmente saiu do escritório e procurou pelos sobrinhos na sala. Tinha tido uma ideia sobre como encontrar Ernesto Fritzen e fazer a ele algumas perguntas, antes que embarcasse na viagem. Subiu a escada e ouviu uma música estridente vinda do quarto de Sofia. *Rock* pesado. O chão chegava a tremer. Quem passasse pelo corredor naquele momento pensaria que a garota era surda, pois só um surdo ligaria o som naquele volume infernal.

Ele não perdeu tempo batendo na porta. Sofia não ouviria mesmo. Então, entreabriu-a lentamente e viu a sobrinha diante do espelho, com a expressão contrariada, passando a mão pela cabeleira vermelha:

— Cansei desta cor. Como é que eu vou fazer para o meu cabelo voltar ao normal? — ela resmungou.

O tio entrou no quarto e cutucou a sobrinha:
— Dá para baixar esse som?
Sofia o encarou sem entender nada:
— Hein?!
— Perguntei se dá para baixar o som.
— Achar o santo? Que santo?

Tio Fausto percebeu que não havia a menor condição de diálogo naquele barulho terrível e foi ele mesmo desligar o som, arrancando, num ato de quase desespero, o fio da tomada. Sofia se revoltou:

— Por que você fez isso, tio? Eu amo essa música...
— Porque, ao contrário de você, eu não quero levar a vizinhança à loucura. — E fez uma pausa: — Você, por acaso, sabe onde está o seu irmão?
— Ele ficou na sala, lendo.
— Não o vi lá. Ele disse se iria sair?
— Para mim, não. Por que não pergunta à Ruth?

O tio franziu a testa. Ele não gostava nada desses sumiços repentinos de Ivan. Era sempre sinal de que o sobrinho estava metido em algo que não devia.

13 TENSÃO NA GARAGEM

O indivíduo encapuzado continuava:
— Talvez fosse o caso de eu ir ao aeroporto e deter o Otto. Dizer que nós estamos juntos nessa até o fim e que ele não pode ir embora desse jeito. Quem o pai dele pensa que é?

Ivan sentia os braços doloridos por causa da posição em que eles estavam amarrados. A fita colada à sua boca era muito forte e nem em sonho ele conseguiria rompê-la apenas com o movimento dos músculos do rosto. O medo crescia a cada segundo. O que será que aquele sujeito pretendia fazer com ele? Depois de tudo o que ouviu, haveria ainda uma remota possibilidade de sair dali vivo e ileso?

— De qualquer modo, Otto não é um dedo-duro. Tenho certeza de que ele não sairá por aí contando para os outros as coisas das quais participou. Ele não é como você, que não admite que os seus colegas tenham as suas vidas e façam o que bem entendem. Se eu deixar, daqui a pouco todo o bairro ou, pior ainda, toda a cidade vai saber, com detalhes, quem sou eu, o que faço, onde e com que pessoas. Sinceramente, você acha isso bonito?

Ivan, numa tentativa desesperada de agradar ao seu algoz, balançou a cabeça negativamente.

— Eu não acredito em você. Mesmo porque o que está feito está feito. Você já causou o estrago. Agora, chegou a hora de pagar por ele. É uma pena que tenha de ser assim, mas no meu mundo não existe segunda chance e as coisas acontecem desta maneira. Pisou na bola, já era.

O garoto tremeu ao ver o homem meter a mão sob a camisa e retirar um revólver da cintura. Ele abriu o tambor e conferiu se todas as balas estavam no lugar. Depois, desamarrou o pano que lhe cingia a cintura e soltou a almofadinha que trazia presa ao corpo, segurando-a com a outra mão.

Com uma agilidade desesperada, Ivan conseguiu se colocar de pé e correu na direção da porta, mas o sujeito lhe deu uma rasteira e ele caiu de barriga para baixo, batendo com a cabeça no chão.

— Não precisa fugir, meu amigo. Vai ser tudo rápido e silencioso. Vou colocar esta almofada entre o cano do revólver e a sua cabeça para abafar o som do disparo. Vai ser um tiro só, eu prometo. Não vai doer quase nada. Em poucos minutos você estará se encontrando com Deus. A hora é agora.

O homem se ajoelhou ao lado de Ivan. Ele não devia ter muito equilíbrio, pois tombou para o lado, soltando um gemido abafado. Ivan, com os olhos fechados, esperava pelo pior. Ouviu o homem resmungar qualquer coisa, enquanto seus pés escorregavam pelo chão de cimento da garagem. Parecia descontrolado. O que teria acontecido?

O garoto então abriu os olhos e viu o seu quase assassino agarrado pelas costas, tentando se soltar dos braços que lhe apertavam a barriga com força. Ele gemia feroz, queria provar a todo custo que era mais forte. Ivan forçou a vista. Era tio Fausto que se engalfinhava com ele. A essa altura a arma e a almofada tinham sido atiradas longe e o tio, que não era dado a exercícios, estava prestes a perder a luta, quando a porta da garagem terminou de se abrir e Sofia apareceu. Vendo o que acontecia, ela apanhou uma pá encostada na parede e, com uma pontaria impressionante, acertou-a com toda a força na altura da orelha direita do homem. O corpo dele amoleceu. A garota ainda desferiu um segundo golpe, dessa vez bem no cocuruto dele, e o homem tombou de joelhos, antes de desmaiar sobre o chão.

— Está feito — disse tio Fausto, muito ofegante. — Muito obrigado, Sofia.

Eles cercaram Ivan. Soltaram-lhe os braços e retiraram a fita que tapava sua boca. Com lágrimas nos olhos, o sobrinho abraçou demoradamente o tio.

— Como vocês descobriram que eu estava aqui?

— Procurando — respondeu tio Fausto, acariciando o cabelo de Ivan. — Em geral, quando você sai, sempre avisa a pelo menos uma pessoa, mesmo quando não diz aonde vai. Então, você tinha de estar em algum lugar da casa. Procuramos por toda parte e, quando chegamos ao jardim, notamos a porta da garagem fechada. Ela sempre fica entreaberta, exceto quando chove. Foi aí que desconfiamos que tinha alguma coisa errada acontecendo aqui e viemos checar.

Ivan apontou para o corpo estendido no chão:

— Chegaram bem na hora. Ele ia atirar em mim.

Tio Fausto vasculhou o chão atrás do revólver, enquanto Sofia retirava o capuz do homem desfalecido. Levou um susto ao ver que era Vinícius, o segundo troglodita, com quem Otto vivia grudado para cima e para baixo na escola. O contorno do seu corpo forte, de adolescente que adorava frequentar academias, mais aquela roupa, as luvas e o capuz, o faziam parecer ainda maior. Ivan sentiu uma ponta de remorso por ter pensado que o sujeito encapuzado era Geraldo e reconheceu, de uma vez por todas, que o funcionário da escola, afinal, era inocente.

— Ele confessou ser o autor daquelas mensagens que eu estava recebendo — afirmou Ivan. — Disse que eu tinha

"visto coisas que não devia" e que, por isso, tinha de ser silenciado.
— Vocês conhecem esse delinquente? — indagou o tio, visivelmente impressionado.
— É um colega nosso na escola — contou Sofia. — Estuda no primeiro ano.
Tio Fausto, finalmente, encontrou o revólver e deu uma olhada no tambor. Estava cheio de balas.
— Meu Deus, ele ia mesmo matar você, Ivan! — exclamou ele, levando as mãos à boca.
— Sempre soube que esse cara era um mau elemento — comentou Sofia, com cara de nojo. — Mas nunca imaginei que fosse um assassino.
— Um assassino... — repetiu o tio, tendo um estalo. — Se ele é um assassino, quem nos garante que não foi ele o responsável pela morte do diretor?
— Acho que não é tão simples assim. Enquanto estávamos aqui, ele várias vezes me falou do Otto, que estará viajando com o pai hoje à noite para Atenas. Ele me disse, com todas as letras, que Ernesto Fritzen está levando o filho embora "depois de tudo o que aconteceu". O que podemos entender por "depois de tudo o que aconteceu"?
— O assassinato do diretor! — concluíram Sofia e tio Fausto ao mesmo tempo.
— Além disso, ele falou que resolveu me punir depois que nós estivemos com o diretor semana passada. Ele imaginou que fui lá só para contar ao seu Moacir que eu tinha flagrado ele e o Otto conversando no banheiro. Os dois deviam estar fazendo alguma coisa muito errada ali dentro, mas eu não faço a menor ideia do que seja.
— Ele vai nos contar — disse tio Fausto, referindo-se a Vinícius. — Vamos amarrá-lo e chamar a polícia. Acho que o mistério da morte do Moacir está quase resolvido.
— Quase resolvido? — indagou Sofia. — E o que falta para que o caso esteja totalmente resolvido?

— Pegar a outra metade da gangue: Otto Fritzen. Não podemos deixá-lo embarcar. Por isso, vou ligar para a polícia agora e comunicar que um meliante está fugindo esta noite para o exterior.

Os três amarraram Vinícius e foram para a sala telefonar. Em quinze minutos, uma viatura da Polícia chegou à casa de tio Fausto. De pé do outro lado da rua, um homem escondido atrás de uma árvore observava toda a movimentação. Prestou especial atenção quando, meia hora depois, viu um vistoso radiotáxi parar na porta da casa e partir levando o tio e os dois sobrinhos, acompanhados de um homem grisalho de paletó sem gravata e óculos escuros. O espião não sabia, mas aquele era o delegado Gomes, titular da delegacia da Gávea. O táxi era da frota que fazia ponto no aeroporto internacional, e o homem de espreita concluiu que eles só poderiam estar indo para lá. Ele fez uma ligação de um telefone celular e avisou que Fausto Seabra estava indo viajar.

Laerte desligou o telefone e passou à prima Carola as informações que acabara de receber. Ela teve um chilique:

— Meu primo está indo viajar com os sobrinhos, hoje? Tem certeza?

— Nosso informante acabou de vê-los entrar num táxi especial que faz ponto no aeroporto internacional. Para que outro lugar eles podem ter ido?

A prima começou a andar em círculos pela sala:

— No mesmo dia em que meu vizinho Ernesto Fritzen está viajando? Muito estranho, muito estranho...

— No que a senhora está pensando?

— Que talvez isso seja um complô armado por Fausto e Ernesto para me destruir. Fausto sabe quem é Ernesto. O nome dele estava na agenda do diretor assassinado da escola. O diretor tinha vários folhetos turísticos, fotos e postais de Éfeso e Atenas. Ele esteve lá. Então, vamos ligar os fatos: um homem viaja a Atenas e Éfeso, é morto, meu primo entra no gabinete dele, apropria-se de várias evidências dessa viagem e, no exato dia em que meu vizinho, colecionador de antiguidades e que também conhecia o diretor, resolve fugir do país, meu primo, que raramente viaja, chama um táxi para ir ao aeroporto. O que isso lhe sugere, meu bom Laerte?

— Imagino que suas suspeitas vão aumentar consideravelmente agora. Faz cinco minutos que nosso outro informante ligou do aeroporto internacional. Ele descobriu para onde Fritzen está viajando.

— Para onde?

— É melhor a senhora se sentar.

Ressabiada, Carola se acomodou na poltrona que estava mais perto e aproximou o lornhão dos olhos, para mirar Laerte com a máxima atenção.

— Ernesto Fritzen está indo com o filho para Atenas.

A mulher teve um sobressalto:

— Atenas?! — ela franziu a testa. — Então, se meu primo também está indo para o aeroporto, isso só pode signifi-

car que eles descobriram alguma coisa valiosa sobre... sobre... os Manuscritos de Éfeso!
Ela se levantou e ordenou a Laerte:
— Prepare o meu Rolls-Royce. Vamos sair em cinco minutos para o aeroporto. Quero flagrá-los no momento da fuga, desmascará-los e detê-los. Se eles estiverem com os Manuscritos de Éfeso, tomaremos posse desse tesouro e iremos do aeroporto diretamente para o rio Maracanã, a fim de iniciar a cerimônia de afogamento coletivo. Vou afogar primeiro o Fausto e depois aqueles dois fedelhos abusados. Se bem que não seria má ideia afogar também o meu vizinho pilantra e o marginal do filho dele. Seja como for, depois que fizermos o serviço, vamos nos apoderar da casa do Fausto, colocá-la abaixo e erguer no lugar o mais deslumbrante edifício residencial de todos os tempos na Gávea: vinte andares, só de apartamentos dúplex de luxo, com academia de ginástica, piscina, clube, boate, um lindo *playground* e um jardim francês no terraço. Até o nome do edifício eu já bolei: *Gávea Diamond Tower*. Não é uma beleza?
— Perfeitamente, senhora.
— Então, mexa-se. Temos de chegar ao aeroporto o mais rápido possível. Quem sabe hoje não será o meu grande dia?

14 EMBARQUE PARA ATENAS

Tio Fausto, Ivan e Sofia, escoltados pelo delegado de óculos escuros, desceram do radiotáxi diante do terminal 1 do Aeroporto Internacional do Rio de Janeiro. Eram cinco e meia da tarde. O voo para Atenas partiria pouco antes das sete. Eles entraram cautelosos no saguão do terminal. Olharam ao redor. O local estava calmo. Não viram nenhum rosto conhecido. O delegado atendeu uma chamada rápida no celular e se voltou para tio Fausto:

— O destacamento policial acaba de chegar ao aeroporto. Preciso encontrá-los. Aqui no terminal vocês estarão em segurança, há câmeras por toda parte. Não saiam daqui até que a operação esteja finalizada, OK?

Tio Fausto fez que sim. O delegado se afastou e ele perguntou aos sobrinhos:

— Vocês são capazes de reconhecer o Otto, se toparem com ele por aqui?

Ivan respondeu:

— Se ele não estiver muito disfarçado, com certeza.

O tio olhou para a sobrinha, que acenou positivamente com a cabeça, endossando as palavras do irmão. Os três se aproximaram do setor de guichês das companhias aéreas. Um painel, na parede, indicava os horários das próximas partidas. Tio Fausto o esquadrinhou cuidadosamente, mas não encontrou o voo para Atenas entre eles. Intrigado, foi perguntar a uma funcionária do aeroporto, que lhe explicou calmamente:

— Na verdade, não existem voos diretos do Rio de Janeiro para Atenas. O passageiro segue até um grande aeroporto na Europa e de lá toma um segundo avião até Atenas.

— Bem... a pessoa que eu estou procurando vai embarcar num voo às dezoito e cinquenta.

A funcionária parou para olhar o painel e informou, imediatamente:

— Às dezoito e cinquenta sai um voo para Paris. A pessoa que o senhor procura deve embarcar nesse avião e, lá em Paris, tomar uma outra aeronave para Atenas.

Tio Fausto agradeceu à moça e os três saíram para uma inspeção pelo terminal. Como não encontraram nada na área de embarque internacional, eles resolveram subir até o terceiro andar, onde ficavam as cafeterias e os restaurantes. Talvez Otto e Ernesto Fritzen estivessem lá, fazendo um lanche ou observando a pista do terraço panorâmico. Os três estavam prestes a tomar o elevador quando Ivan olhou para o lado e viu a prima Carola e Laerte caminhando apressados ali pelo terminal.

— Não acredito! — exclamou o tio, com um olhar quase de desespero. — O que esses dois estão fazendo aqui?

A prima Carola correu os olhos ao redor até mirar tio Fausto e os sobrinhos. Olhando através do lornhão, ela marchou na direção deles, como um soldado enfurecido:

— Seu desgraçado! — gritou ela para tio Fausto. — Não adianta mentir. Eu já sei de tudo. Você não arreda os pés do Rio de Janeiro sem me confessar a verdade.

— Do que você está falando, sua louca? — o tio perguntou, num misto de estarrecimento e revolta.

— Dos Manuscritos de Éfeso. Vocês três estão mancomunados com o meu vizinho, Ernesto Fritzen. Vocês encontraram alguma pista quente de onde estão os Manuscritos e agora estão indo todos para Atenas, com o objetivo de conferir pessoalmente.

Se a situação não fosse tão tensa, tio Fausto teria soltado uma gargalhada:

— Carola, cada dia que passa eu me convenço mais de que você precisa ser internada num manicômio o quanto antes. Você está completamente biruta.

Sofia deu um passo à frente do tio e dirigiu a palavra à prima, com docilidade:

— Sabia, prima Carola, que este ambiente de aeroporto tem tudo a ver com a senhora?

Carola grudou o lornhão nos olhos, para fitar a garota, com indisfarçável espanto. Estava sinceramente impressionada com aquele elogio inesperado.

— Você tem razão, minha jovem. Eu, de fato, sou uma mulher bastante viajada, já estive em muitos aeroportos no mundo todo. Este ambiente, realmente, combina comigo.

— Não é por isso não, prima. É porque a senhora é uma mala!

Carola sentiu o sangue lhe subir à cabeça e avançou rumo a Sofia, que, gargalhando copiosamente, protegeu-se atrás do tio.

— Sua monstrinha antipática. Pensa que pode sair por aí ofendendo os outros impunemente, não é? Só quero ver se, no dia em que estivermos nós duas sozinhas, na beira do rio Maracanã, você vai continuar valente desse jeito.

A garota mostrou a língua para ela, e tio Fausto, preferindo ignorar a prima, tomou uma decisão:

— Acho que subir até o terceiro andar não é uma boa ideia — disse ele aos sobrinhos. — O melhor é ficarmos ao lado do portão de embarque. É o único lugar por onde, com certeza, eles vão passar.

— Sabe onde fica o portão? — perguntou Sofia.

— Sei. É naquela direção — o tio indicou com a mão.

Os três deram as costas para Carola e Laerte, e retornaram ao setor de embarque. O movimento no portão era pequeno, com pouca gente entrando. Ivan e Sofia lançaram um olhar para as filas em frente dos guichês das companhias aéreas. A do voo para Paris estava grande, mas não havia ninguém ali parecido com Otto Fritzen.

A prima Carola, por sua vez, também decidiu caminhar pelo terminal à procura do seu vizinho. Escoltada por Laerte, ela tomou, por engano, a direção do setor de embarque doméstico. Quando percebeu o equívoco, deu meia-volta e, ao retornar, qual não foi a sua surpresa ao olhar para a esquerda e avistar Ernesto, descendo a escada rolante acompanhado de seu filho.

Ela, imediatamente, correu até o final da escada e postou-se ali, abrindo os braços para Ernesto:

— Meu adorado vizinho! — declarou com deboche. — Que coincidência encontrá-lo aqui!

Ernesto Fritzen era um homem de estatura média, bastante corpulento, louro, com um cavanhaque e muito calvo. Ele esbugalhou os redondos olhos azuis ao ver Carola. Parecia que seu queixo ia cair. Na mesma hora, ele tentou, em vão, subir de volta a escada, mas os degraus, naturalmente, não paravam de descer e Ernesto não conseguiu sair do lugar. Otto, sem entender nada, perguntou a ele:

— O que deu em você, papai? Se esqueceu alguma coisa lá em cima, é só a gente subir pela outra escada.

A prima Carola concordou:

— É, Ernesto. Quem olhar para cá agora pode até pensar que você está fugindo.

O homem percebeu o ridículo da situação. Pai e filho saltaram da escada e, ignorando a vizinha, apressaram o passo em direção ao setor de embarque. Carola, seguida de perto por Laerte, foi atrás dele e gritou pelas suas costas:

— Não adianta correr, Ernesto. Eu já descobri tudo. Você está fugindo para colocar as mãos nos Manuscritos de Éfeso, não está?

Ernesto freou na mesma hora, virando-se para a mulher:

— O que a senhora disse?

Colocando o lornhão na frente dos olhos, Carola apontou para a maleta executiva que ele levava:

— O que tem aí dentro?

Ernesto agarrou a maleta, abraçando-a contra o peito:

— Não é da sua conta.

— Deixe-me adivinhar. Aí tem um documento qualquer com dados totalmente novos sobre o paradeiro dos Manuscritos de Éfeso, que você está levando para mostrar ao professor Kostas Kostalas, em Atenas. Você, o professor e o meu primo Fausto se uniram num complô sórdido para encontrar o continente perdido de Atlântida e decifrar esse enigma de mais de dois milênios e meio. Não é isso?

— Manuscritos? Professor Kostas Kostalas? Seu primo Fausto? — gaguejou Ernesto Fritzen. — Eu não sei do que a senhora está falando.

— Não mesmo? Então me mostre o que tem nessa maleta.

Ernesto comprimiu o rosto de raiva, mais uma vez puxando o filho, virou as costas para Carola e continuou marchando em direção aos guichês. Não havia mais fila agora.

— Manuscritos? Professor Kostas Kostalas? Seu primo Fausto? — gaguejou Ernesto Fritzen. — Eu não sei do que a senhora está falando.

Ele despacharia logo a bagagem e, quando entrasse com Otto pelo portão de embarque, estaria, enfim, a salvo.

Plantada ali ao lado do portão, Sofia cutucou o tio, enquanto apontava para a dupla que passava esbaforida diante deles:

— Está vendo aquele garoto ali, tio? É o Otto.

Tio Fausto comentou:

— O outro, então, deve ser o Ernesto.

Ele viu Carola e Laerte andando atrás dos dois e comentou:

— Pelo visto, a prima os encontrou primeiro.

Ernesto e Otto apresentaram as passagens e os passaportes no guichê e despacharam as malas. Ernesto agarrou sua maleta e se encaminhou diretamente para o portão de embarque. Tio Fausto surgiu na sua frente, impedindo-lhe a passagem:

— Senhor Ernesto Fritzen?

Fritzen o mirou dos pés à cabeça, com menosprezo:

— Quem é o senhor?

— Fausto Seabra — disse estendendo a mão, mas Ernesto não quis apertá-la. — Será que podemos conversar um instante?

— Conversar sobre o quê?

— Sobre algumas coisas que aconteceram na escola do seu filho esta semana. O senhor soube da morte do diretor, Moacir Portela?

Ernesto balançou a cabeça:

— Soube, sim.

— Não acha que é uma grande coincidência o senhor estar saindo do país com o seu filho justo na mesma semana desse assassinato?

— Absolutamente — respondeu Fritzen, asperamente. — Essa viagem está marcada há vinte dias. O senhor pode conferir em qualquer escritório da companhia aérea.

— Acredito. O problema é que a minha casa foi invadida hoje por um rapaz que tentou matar o meu sobrinho. Ele fez insinuações graves sobre o seu filho. De que os dois andaram fazendo coisas que não deviam.

— Não ouça o que ele diz, papai — gritou Otto. — Vamos embora logo.
— Eu não estou ouvindo, filho — respondeu Ernesto.
— Esse homem está falando bobagens para as paredes.

Tio Fausto prosseguiu:
— O rapaz se chama Vinícius e disse ser muito amigo do seu filho.
— Meu filho não conhece nenhum Vinícius. Agora, se me dá licença...
— O senhor não quer saber o que ele disse?
— Sinceramente, não. O senhor, por favor, saia da minha frente. Tenho que pegar o avião.

Ele desviou de tio Fausto e apertou o passo. Ivan se aproximou e, disfarçadamente, estendeu a perna na frente de Ernesto, fazendo-o desabar no chão. O tombo fez a maleta que ele levava voar longe. A prima Carola correu para apanhá-la. O homem viu e berrou:
— Não deixem essa doida apanhar a minha maleta! Detenham-na, DEPRESSA!

Carola se apressou em abrir a maleta e ficou decepcionada ao ver que não havia nada de mais no seu interior. Otto voou para cima dela e tentou tomar a maleta de volta, mas a prima a atirou para Laerte, que a ergueu para cima. Laerte era muito alto e Otto ficou pulando em volta dele, tentando apanhar o objeto, sem sucesso. Ernesto se levantou com dificuldade e notou que todo o aeroporto havia parado para assistir à cena, incluindo um grupo de policiais liderados pelo delegado que acompanhava tio Fausto e os sobrinhos.

Ernesto percebeu, de imediato, que a presença da polícia ali não era por acaso. Ele viu os policiais andando na sua direção. Precisava ir embora depressa. Sabia que não conseguiria mais tomar o avião, então a solução era deixar o aeroporto. Apertou o braço do filho e o puxou para o outro lado. A ideia era tomar o elevador até o terminal de desembarque e, lá, entrar num táxi de volta à cidade. Os dois chegaram a alcançar o *hall* dos elevadores, quando o delegado surgiu na frente deles, mostrando a carteira com o distintivo da polícia:

— Boa noite, senhor Ernesto Fritzen. Sou o delegado Gomes, da delegacia da Gávea, e fiquei sabendo de algumas coisas sobre as quais eu gostaria de conversar reservadamente com o senhor. Pode me acompanhar à delegacia?
— De jeito nenhum — respondeu Ernesto, taxativo. — Não vê que estou indo viajar?
— Eu sou um policial, senhor Fritzen. Estou lhe dando uma ordem, não fazendo um pedido.
— O senhor não pode me levar daqui sem me apresentar um motivo muito forte para isso. Eu tenho o direito de saber por que terei de cancelar uma viagem para o exterior para ir com o senhor à delegacia.

O delegado deu de ombros:
— Levando-os à delegacia, eu pretendia garantir o sigilo do que vamos tratar. Mas, já que o senhor prefere saber de tudo aqui, que seja feita a sua vontade.

A essa altura, tio Fausto, Ivan, Sofia, Laerte e Carola, com a maleta de Fritzen numa mão e o lornhão na outra, já tinham corrido para ver o que estava acontecendo. A alguma distância, separados por uma barreira de policiais, eles se mantiveram em silêncio, tentando ouvir o que o delegado falava:

— Hoje, no início da tarde, a dona Dilma Barros, coordenadora do turno da manhã do Colégio Educandário Dois Irmãos, onde seu filho, Otto, estudava até a segunda-feira desta semana, telefonou para o senhor. Infelizmente, para ela e para o senhor, os telefones da escola estavam grampeados pela polícia desde a tarde de segunda-feira.

— E daí?
— Nos telefonemas, ela acabou entregando o jogo sem saber. Na última conversa com o senhor, ela disse que tinha surgido um problema na escola. Que dois alunos haviam descoberto a fraude da expulsão do seu filho e por isso era melhor que o senhor apressasse a viagem.

— Volto a perguntar: e daí?
— E daí, seu Ernesto? O senhor ainda pergunta? A expulsão foi forjada porque a dona Dilma flagrou o seu filho

Otto na copa da diretoria da escola na manhã em que o diretor foi assassinado, colocando uma pera na bandeja que foi servida a ele, a mesma pera envenenada com o raticida que o matou. Ela viu tudo e, depois do crime, ligou para o senhor, avisando que chamaria a polícia. Mas o senhor ofereceu a ela um depósito bancário polpudo no exterior e ainda pediu que ela providenciasse para que seu filho fosse expulso, pois o senhor o tiraria do país antes que a polícia pudesse avançar nas investigações do assassinato. Então, a própria dona Dilma se encarregou de redigir o termo de expulsão. Inclusive, falsificando a assinatura do finado Moacir Portela.

Tio Fausto, Ivan, Sofia e Carola trocaram olhares de espanto com aquela avalanche de revelações.

— Como vocês souberam de tudo isso? — trovejou Ernesto, com os olhos quase em chamas.

— A própria dona Dilma nos contou. Ela foi detida, em casa, no meio da tarde e, agora, está presa na delegacia.

Fritzen mordeu os lábios:

— Meu filho não matou Moacir Portela. Ele não tinha motivos para isso.

— Seu filho parece que tinha motivos até demais — rebateu o delegado. — O senhor, por acaso, sabia que o seu filho é usuário de drogas? E que ele, ultimamente, andava ajudando um outro garoto, um ano mais velho, chamado Vinícius, a vender tóxicos dentro da escola?

— Isso é uma calúnia e um absurdo — protestou Fritzen, com fúria. — Não vou permitir que uma suspeita podre dessas seja levantada contra o meu filho.

— Não é suspeita. O Vinícius acabou de confessar tudo na delegacia. Recebi a informação há poucos minutos pelo celular. Ele disse que comprava a droga de traficantes na favela do Vidigal, estocava tudo em casa e, todos os dias, levava pequenas quantidades para o colégio. O comércio era feito principalmente no banheiro masculino depois do recreio, quando o local estava vazio. Otto era um dos maiores compradores e, nos últimos tempos, vinha ajudando na venda. Não sei se ele fez isso para ser aceito e querido por Vinícius, um garoto mais velho e popular na escola, tentando, assim, entrar para o seu grupo de amigos. Ou, simplesmente, como uma maneira de financiar o próprio vício sem precisar pedir dinheiro ao senhor a toda hora. De qualquer modo, tudo indica que o diretor descobriu e estava decidido a entregá-los à polícia.

Ivan ficou chocado. Tráfico de drogas? Então era isso o que acontecia nos reservados do banheiro? Vinícius deve ter pensado que ele havia descoberto e tinha resolvido contar ao diretor na semana passada, quando esteve, junto com Sofia e tio Fausto, na sala da direção. Agora tudo estava claro. Quando seu Moacir convocou Ernesto Fritzen para a reunião na segunda-feira, Otto e Vinícius, com certeza, acharam que o objetivo do diretor era revelar a ele o tipo de atividades com a qual o filho estava envolvido. Então, ambos decidiram matar o diretor antes que isso pudesse acontecer.

— Não há nenhuma novidade nessa descoberta — prosseguiu o delegado. — Esse não foi o primeiro caso, nem será o último. O comércio de drogas dentro das escolas brasileiras tem crescido assustadoramente nos últimos anos. Um jovem não sente que está cometendo um delito ao comprar a droga de um colega e não considera esse colega um traficante, um bandido. Bandidos, para ele, são aqueles maltrapilhos armados, entrincheirados nas favelas, e que ele só vê pela televisão.

— Meu filho não pode estar envolvido nisso, eu o conheço bem — assegurou Fritzen, com as mãos sobre os ombros de Otto. — Como o senhor é capaz de fazer uma acusação grave dessas contra ele, baseado apenas nas palavras de duas pessoas que podem, muito bem, estar mentindo?

— Lamento, senhor Ernesto Fritzen, mas nada do que o senhor disser vai mudar as evidências que nós temos — declarou o delegado. — Seu filho Otto e o colega dele, Vinícius, são, sim, os responsáveis pelo assassinato de Moacir Portela. Dona Dilma foi cúmplice indireta, por ter flagrado seu filho na copa com a pera envenenada na manhã do crime.

— Faça alguma coisa, pai! — gritou Otto. — Eles vão me prender!

— Meu filho não matou o diretor da escola — disse Ernesto, olhando para o filho. — Eu insisto. Eu *realmente* insisto. Precisam acreditar em mim!

— É melhor conversarmos na delegacia. Venham comigo. — O delegado segurou o braço de Ernesto e o conduziu para fora do terminal, enquanto outro policial fazia o mesmo com Otto.

— Minha maleta... Onde está a minha maleta? — perguntou Ernesto, olhando nervosamente para os lados.

— Toda a sua bagagem será levada para a sua casa — respondeu o delegado. — Não se preocupe.

Eles foram embora. Ainda de pé, no acesso ao *hall* dos elevadores, tio Fausto, Ivan, Sofia, Carola e Laerte ficaram parados um bom tempo, em silêncio, ainda processando na cabeça a cena a que tinham acabado de assistir. Passados alguns instantes, tio Fausto se moveu na direção da prima e disse, com o ar triunfante de quem havia acabado de ganhar uma aposta:

— Viu só, Carola? Moacir Portela foi morto por causa de tráfico de drogas dentro da escola. O crime nada teve a ver com os Manuscritos de Éfeso. Será que, depois de tudo o que o delegado falou, você ainda tem alguma dúvida?

Carola se sentiu intimamente ridícula. Fizera um papelão bem no meio do aeroporto. Pelo menos ela tinha o consolo de que, acaso não houvesse ido até lá e ouvido pessoalmente a conclusão da polícia, permaneceria pelo resto da vida em dúvida sobre se a morte do diretor tinha alguma relação com os Manuscritos ou não. E isso, no fim das contas, seria muito pior.

Sem perder a pose, ela fulminou o primo com um olhar de fúria através do lornhão:

— Sinto-me até aliviada por saber que os Manuscritos não tiveram relação com esse crime horrível. Mas não pense você que eu desisti. Vou continuar procurando os Manuscritos de Éfeso até o último dos meus dias. E, se Deus quiser e o espírito do meu supremo mestre Platão permitir, eu vou conseguir. E aí veremos quem é o mais forte. Se eu ou você.

— Ela dirigiu um olhar para o mordomo e secretário, apontando para a frente: — Laerte, vamos embora para casa.

A megera caminhou dez passos e percebeu que ainda carregava a maleta de Ernesto Fritzen. Num gesto de raiva, atirou-a contra a parede mais próxima.

— Não preciso mais desta coisa inútil. Façam bom proveito — e continuou andando, escoltada pelo comprido e esguio secretário, até sumir pelo terminal.

Com o impacto, a maleta se abriu, espalhando pelo chão tudo o que estava no seu interior. Tio Fausto, Ivan e Sofia, horrorizados com aquela cena de histeria, abaixaram-se para juntar os objetos caídos. Foi então que o tio notou que o forro do fundo da maleta havia se soltado parcialmente. Ao tentar colocá-lo no lugar, percebeu um volume por baixo e puxou um pouco mais o forro para ver o que era.

— Meu Deus! — ele exclamou, com a respiração em suspenso. — Olhem só para isto!

Eram dois os objetos. O primeiro, um livro de Platão intitulado *Timeu e Crítias*. "Timeu" e "Crítias" eram os dois textos nos quais o filósofo falava de Atlântida. Enfiada no meio do livro, como se fosse um marcador, havia uma fotografia do que parecia ser uma antiga ânfora de bronze. No verso, vinha anotado, à mão, um nome — "Ibrahim" —, seguido de um número de telefone e um endereço no balneário de Kusadasi, na Turquia.

Automaticamente tio Fausto se lembrou da noite em que eles invadiram a escola para revistar o gabinete do diretor. No roteiro da viagem que Moacir Portela fizera no início do ano, a cidade de Kusadasi era uma das suas paradas, juntamente com Éfeso, Istambul e Atenas. Mas quem seria esse Ibrahim?

Sofia olhou para o tio, intrigada:

— Por que Ernesto Fritzen colocou o livro debaixo de um fundo falso?

Tio Fausto não registrou a pergunta da sobrinha. Completamente absorto, ele estendeu a mão para alcançar o segundo objeto: um envelope timbrado com o logotipo e o endereço do Colégio Educandário Dois Irmãos, com uma etiqueta colada, onde estava escrito "confidencial". Naquela noite em que estiveram na sala do diretor, eles haviam encontrado, numa das gavetas, junto da pasta com os postais, folhetos e fotografias de Éfeso, uma segunda pasta, preta, vazia, com uma etiqueta idêntica, na qual também se lia "confidencial". Aquele envelope, portanto, só podia ter estado dentro dela.

Tio Fausto abriu o envelope e retirou um maço de papéis grampeados. Estavam redigidos em grego e, no topo da primeira página, vinha grafado em letras maiores:

Η Ατλαντίδα και τα Χειρόγραφα της Εφέσου
Καθ. ΚΩΣΤΑΣ ΚΩΣΤΑΛΑΣ

Aflitos, Ivan e Sofia perguntaram ao mesmo tempo:
— O que está escrito aí, tio?

Tio Fausto os encarou demoradamente e respondeu:
— Vocês não vão acreditar. Estes papéis, pelo que eu pude ver, são um relatório minucioso em grego, indicando todos os possíveis paradeiros dos Manuscritos de Éfeso atualmente. No título, está escrito *"Atlântida e os Manuscritos de Éfeso* — Prof. KOSTAS KOSTALAS".

— Ernesto Fritzen estava levando isso em segredo para Atenas? — indagou Ivan. — Por que será?

— Creio que a pergunta é outra — retrucou tio Fausto.

— Ernesto Fritzen retirou isso do gabinete do Moacir Portela, que tinha acabado de chegar de Atenas, onde se encontrou com o professor Kostas Kostalas. Então, a dúvida é: será que o tráfico de drogas na escola de vocês foi o real motivo para o assassinato do diretor, ou apenas constituiu um pretexto arrumado à última hora?

— Como assim? — perguntou Sofia.

— O que você está pensando? — indagou Ivan.

— Que Ernesto Fritzen estava indo para Atenas por causa dos Manuscritos de Éfeso. Ele também resolveu encontrar Atlântida. E, para conseguir esses documentos do diretor, pode tê-lo matado. De qualquer maneira, há dois elementos nessa história toda que não se encaixam de jeito nenhum.

— Quais? — Ivan e Sofia perguntaram ao mesmo tempo.

— Se Otto envenenou o diretor para que o pai não descobrisse nada sobre o seu vício e a sua relação com o tráfico de drogas, por que Ernesto resolveu, de uma hora para outra, fugir com o filho? Será que foi para evitar que Otto estivesse no Brasil quando a polícia solucionasse o mistério e descobrisse a verdade sobre o assassinato? Afinal, Ernesto sabia ou não sabia que o filho estava envolvido com drogas?

Ivan e Sofia pensaram um pouco e acabaram concordando com o tio. Era mesmo uma história mal contada.

— E tem também o que o delegado acabou de dizer — prosseguiu tio Fausto —, que Otto era apenas usuário de drogas e que só ultimamente passou a ajudar Vinícius no tráfico.

Ora, se Vinícius era o traficante maior, por que foi o Otto quem levou a pera envenenada para o Moacir, e não o Vinícius?

— Você está achando que Ernesto e Otto estão mentindo? — questionou Ivan. — Que o real motivo do crime contra o diretor foram esses relatórios em grego? Por que, então, eles não contaram a verdade para a polícia, não falaram desses relatórios?

— Porque, com certeza, Ernesto não quer que ninguém saiba dos relatórios. Ele deve preferir mil vezes ver o filho ser acusado de tráfico de drogas a revelar a existência dos Manuscritos de Éfeso para quem quer que seja.

Quinze minutos mais tarde, tio Fausto, Ivan e Sofia passaram no guichê da companhia aérea no aeroporto e confirmaram o que Ernesto Fritzen havia dito: os bilhetes para Atenas tinham sido emitidos vinte dias atrás. Logo, se a viagem havia sido marcada só para tirar o filho do país e, assim, protegê-lo da acusação de assassinato, era mais lógico que a passagem tivesse sido comprada às pressas, um dia ou no máximo dois dias antes da data de partida, e não há quase três semanas. E, com tantos destinos atraentes pelo mundo, por que Fritzen escolhera justo Atenas, onde vivia o professor Kostas Kostalas?

Tio Fausto deu uma rápida última olhada nos relatórios e na fotografia da ânfora de bronze, com o enigmático nome "Ibrahim" anotado na parte de trás, depois fechou a maleta de Ernesto. Eles foram caminhando lentamente em direção à saída.

— Esse mistério ainda não está totalmente solucionado, meninos — disse tio Fausto. — E agora, mais do que nunca, depois de termos encontrado estes documentos em poder de Ernesto Fritzen, precisamos descobrir exatamente por que Moacir Portela foi morto.

— E como faremos isso? — perguntou Sofia, incrédula.

Tio Fausto contraiu os olhos, pensativo:

— Eu posso estar enganado, mas algo me diz que tem uma pessoa, uma pessoa muito próxima do Moacir, que sabe de alguma coisa. Se nós a colocarmos contra a parede, tenho certeza de que vamos encontrar muitas respostas às nossas dúvidas.

— É alguém que a gente conheça? — indagou Ivan.

— Creio que sim! E vocês vão me ajudar a marcar um encontro com essa pessoa o quanto antes. De uma coisa, porém, eu estou seguro: não foi a venda de drogas que provocou o assassinato de Moacir Portela. Seria capaz de apostar meu fígado nisso.

15 A MIRABOLANTE HISTÓRIA DE UM CRIME

A chegada do sábado trouxe à cidade um vento fresco e cobriu o céu com uma nebulosidade uniforme que, no entanto, não parecia indicar a aproximação de chuvas.

Carregando uma pasta fina de couro e ladeado por Ivan e Sofia, tio Fausto esperou o semáforo fechar para os carros e atravessou a rua Marquês de São Vicente. Faltavam cinco minutos para as três horas, horário marcado para o encontro nos jardins do Planetário da Gávea, situado a meio caminho entre a escola de Ivan e Sofia e a casa onde eles moravam. Era um local estratégico para o encontro e bastante sossegado naquele horário. Os três cruzaram os portões do Planetário e viraram à esquerda, em direção ao jardim. Ivan esticou o olho e, avistando a silhueta familiar a distância, sentada num dos bancos dispersos pela área, sussurrou a tio Fausto, apontando com o dedo:

— Quem nós viemos encontrar já chegou. Está bem ali, naquele banco.

Tio Fausto se admirou:

— Talvez até já tenha chegado há algum tempo e esteja nos esperando com ansiedade. É um sinal claro de que, de fato, tem algo a nos dizer. Do contrário, nem teria vindo.

— Isso significa que os nossos argumentos foram convincentes — gabou-se Sofia, com ar vitorioso.

— Creio que sim — concordou tio Fausto. — Foi suficiente inventar que Moacir Portela me contou, durante aquela visita que fiz a ele na escola, que tinha descoberto quem havia roubado os relatórios em grego para entregá-los a Ernesto Fritzen. Afinal, somente uma pessoa, o secretário pessoal do Moacir, tinha intimidade o bastante com o diretor para entrar e sair do seu gabinete quando bem entendesse. Só Geraldo poderia saber onde estavam escondidos os relatórios. E era a pessoa mais óbvia dentro da escola para ser cooptada por alguém interessado em se apoderar desses documentos.

Sentado num dos bancos, Geraldo estava indiscutivelmente ansioso. Cruzava e descruzava as pernas a todo momento. Não havia mais ninguém no jardim, além dele. Tio Fausto se adiantou e, seguido pelos sobrinhos, parou em frente dele, estendendo-lhe a mão amigavelmente:

— Boa tarde, Geraldo. Sou Fausto Seabra.

Geraldo se levantou de imediato e apertou a mão de tio Fausto:

— Como vai, senhor Fausto? Eu me lembro do senhor.

— Sim, do dia da visita que fiz ao Moacir na semana passada. — Tio Fausto fez, então, um gesto na direção de Ivan e Sofia: — Suponho que conheça os meus sobrinhos.

Geraldo assentiu afirmativamente com a cabeça e sorriu com simpatia para os dois. Os quatro, então, acomodaram-se no banco. Geraldo olhou para os lados e perguntou, com apreensão:

— Tem certeza que este lugar é seguro?

— Seguríssimo — declarou tio Fausto, com convicção. — Mesmo porque estamos sentados de costas para a rua. E, além do mais, você, aos olhos da polícia, não é suspeito de nada. Pelo menos por enquanto.

— E do que eu poderia ser suspeito?

Tio Fausto abriu a pasta que trazia e retirou de dentro os relatórios em grego assinados pelo professor Kostas Kostalas e a fotografia da ânfora de bronze, rabiscada com o nome e o telefone do tal Ibrahim:

— Disto — tio Fausto apontou para os papéis. — Tanto estes textos quanto a foto estavam guardados no gabinete do Moacir e, estranhamente, foram parar nas mãos de Ernesto Fritzen. Evidentemente alguém os tirou de lá e esse alguém, é claro, só pode ter sido você.

— Por que eu? O senhor não parou para pensar, em nenhum momento, que o próprio senhor Moacir pode tê-los entregado a Ernesto Fritzen?

— Você não está querendo nos convencer de que a galinha abriu a porta do galinheiro para a raposa entrar, está?

Geraldo baixou os olhos, cabisbaixo.

— E, além do mais, se você não tivesse culpa nenhuma, não teria nem se dado ao trabalho de vir aqui nos encontrar. Se veio, é porque ficou com medo de que procurássemos a polícia e revelássemos as nossas suspeitas sobre um novo cúmplice de Fritzen no assassinato do Moacir.

Geraldo não disse nada, endossando, silenciosamente, a acusação de tio Fausto.

Ivan perguntou a ele, subitamente:

— Por que você roubou esses papéis do seu Moacir, Geraldo?

O homem contraiu o rosto e ficou olhando fixo para o chão por longos minutos, antes de responder, lentamente:

— Bem, eu... Nem sei por onde começar. A verdade é que Ernesto Fritzen estava obcecado por esses papéis. Me ofereceu dinheiro, muito dinheiro. Não satisfeito, ainda me fez ameaças. Acabei tendo de concordar. Eu já sabia da história desses relatórios. O próprio senhor Moacir me revelou um dia. Ele e Fritzen tinham se aliado e armaram juntos um plano mirabolante para consegui-los.

— Como você ficou sabendo disso? — perguntou Sofia, que estava louca para se intrometer na conversa.

— Para falar a verdade, eu sabia de tudo o que se passava na vida do meu chefe. Além de ser seu secretário de confiança e ter acesso a todos os telefonemas, correspondências e às pessoas que o procuravam, ele tinha confiança em mim e me contava muita coisa. Foi numa tarde chuvosa do começo do mês que ele me falou do plano para conseguir os relatórios em grego. Eu me lembro bem daquele dia. Ao entrar na sala dele levando uma bandeja com uma xícara de café, o senhor Moacir pediu que me sentasse e começou a falar sem parar. Foi aí que fiquei sabendo dos detalhes da viagem que ele tinha feito a Atenas em fevereiro.

— Para o tal congresso sobre educação nas escolas...? — ajudou tio Fausto.

— Congresso sobre educação? — Geraldo quase riu. — Então, ele deu essa desculpa ao senhor?

— Desculpa? Como assim?

— O senhor Moacir não participou de congresso nenhum em Atenas. Ele viajou para lá com o único objetivo de se encontrar com o professor Kostas Kostalas, especialista na lenda de Atlântida, e obter dele esses relatórios que o senhor tem nas mãos agora.

Tio Fausto, Ivan e Sofia não puderam esconder a surpresa com o impacto daquela revelação:

— Ernesto Fritzen estava envolvido nisso? — quis saber Ivan.

— Até a raiz dos cabelos, meu jovem. Quem queria os relatórios era ele, e não o meu chefe. Mas, justiça seja feita, quem começou tudo foi o senhor Moacir. Foi ele quem procurou Fritzen e falou dos relatórios. Ele havia conseguido o endereço e o telefone do professor Kostas Kostalas, em Atenas, e propôs ir até lá a fim de obtê-los.

— Mas a troco de que o seu Moacir fez isso? — arguiu Sofia.

— Adivinhem? Dinheiro! Meu patrão estava à beira da ruína. Tudo por causa de dívidas e mais dívidas de jogo que foram se acumulando ao longo dos anos. De alguma maneira, o senhor Moacir descobriu o interesse de Ernesto Fritzen pelos tais Manuscritos de Éfeso, o que não deve ter sido difícil, já que os dois se conheciam havia mais de dez anos, desde que Otto era um garotinho e fora matriculado lá na escola, no jardim de infância. Com o tempo, ficaram amigos, passaram a se visitar.

Tio Fausto refletiu rapidamente e concluiu que Fritzen, com toda certeza, ficara sabendo dos Manuscritos por intermédio de um dos informantes que trabalharam para Carola ao longo dos últimos quinze anos. A verdade era que sua prima tinha uma tolerância muito baixa para com os seus subordinados e costumava despedi-los por motivos banais, que podia ser um pequeno atraso de dois minutos ou o uso de uma roupa que ela considerasse inadequada. Um desses informantes, provavelmente, batera à porta do vizinho Fritzen para pedir emprego e, vendo que ele era colecionador de antiguidades, decidira lhe revelar tudo o que sabia sobre os preciosos Manuscritos, em troca, é claro, de um polpudo pagamento. Uma pequena investigação adicional teria bastado para Fritzen se inteirar de todos os detalhes relacionados ao tesouro e se interessar de imediato em se apropriar dele.

— Eu não imaginava que o seu Moacir estava com dificuldades financeiras... — comentou Ivan, perplexo.

— Ninguém imaginava. O senhor Moacir sabia manter bem as aparências.

— E quando soube que Ernesto estava interessado nos Manuscritos de Éfeso, o que o seu Moacir fez? — perguntou Sofia.

— Ele o procurou, oferecendo-se para ajudá-lo a encontrar o tesouro, em troca de um bom dinheiro que o aliviasse das dívidas e impedisse o fechamento da escola.

— E aí, então, ele se ofereceu para ir até a Grécia conversar com o professor Kostalas... — complementou tio Fausto. — Interessante. A missão, em princípio, parece simples, mas não é. Eu, por exemplo, estou há anos tentando, sem sucesso, um encontro com o professor. O Moacir, pelo visto, conseguiu. Do contrário ele não teria voltado da viagem com esses papéis em grego. Confesso que estou curioso. Eu gostaria de saber o que o Moacir precisou fazer para o professor Kostas Kostalas lhe fornecer os relatórios.

— Todo mundo tem um ponto fraco, senhor Fausto — comentou Geraldo, cruzando as pernas. — E também algum objeto de desejo. Kostas Kostalas pode ser um intelectual recluso, mas é humano, como eu, como o senhor, como os seus sobrinhos. Também tem as suas paixões e obsessões. A busca pelo continente perdido de Atlântida é o seu grande objetivo de vida. Logo, tudo que esteja ligado a essa busca é muito importante para ele, concorda?

— Está querendo dizer que Moacir Portela descobriu algum objeto de desejo do professor Kostalas?

— Precisamente. Kostas Kostalas, como o senhor deve saber, deu uma entrevista a uma certa revista científica dos Estados Unidos há mais ou menos cinco anos.

— Sei sim. Eu, inclusive, tenho um exemplar da revista lá em casa.

— Foi logo depois que estudiosos americanos afirmaram publicamente que o mito de Platão em relação à Atlântida era pura ficção — prosseguiu Geraldo. — As palavras do professor constituíram uma reação violenta a essa declaração. Na entrevista, ele disse acreditar que Atlântida existiu, sim, e em pleno mar Egeu, perto da costa grega, numa ilha que se chamava Thera.

Tio Fausto, então, virou-se para Ivan e Sofia, que se mantinham atentos à conversa, e explicou aos dois:

— Vocês nunca devem ter ouvido falar da história de Thera, não é? Pois eu vou contá-la agora. A ilha de Thera foi devastada cerca de quinze séculos antes de Cristo, pela erupção de um vulcão. Foi uma das maiores erupções já registradas em todos os tempos. Ela foi tão violenta que, além de quase varrer a ilha do mapa, lançou uma imensa quantidade de gases na atmosfera que acabaram fazendo cair, por alguns anos, a temperatura em toda a Terra. O que sobrou de Thera é hoje a ilha de Santorini. Uma ilha, aliás, muito bonita, ensolarada e frequentada por turistas do mundo inteiro. O que acontece é que, no século XIX, pesquisadores europeus descobriram em Santorini as ruínas de uma cidade portuária de mais de três mil anos, uma cidade extremamente desenvolvida para aquela época e que só poderia abrigar uma civilização muito evoluída. Como era a civilização atlante. Desde então, muitos estudiosos sustentam a teoria de que Atlântida ficava na ilha de Thera, inclusive por causa de um outro detalhe: Thera tinha um formato muito parecido com o usado por Platão para descrever Atlântida.

— E você também acredita nessa teoria, tio Fausto? — perguntou Ivan.

— Sim e não. Há muitas teses sobre a localização de Atlântida e essa é apenas uma delas. Mas parece que Kostas Kostalas acredita nela acima de tudo. Não é, Geraldo?

— Tudo indica que sim. Pelo menos foi o que ele disse na tal entrevista, que o senhor Moacir conseguiu pela internet.

— E munido dessa entrevista é que ele foi procurar o professor Kostalas?

— Não. O plano era mais ambicioso. O senhor Moacir e Ernesto Fritzen precisavam de um bom argumento para convencer Kostas Kostalas a lhes dar o que eles queriam, isto é, esses relatórios. Então, tinham de ter algo de muito valioso para oferecer em troca. Como o professor era um ardoroso defensor da ideia de que Atlântida ficava em Thera, eles decidiram ir atrás de algum objeto que, supostamente, tivesse sido descoberto nas escavações feitas na ilha. De preferência um objeto que contivesse alguma simbologia especial que o ligasse ao mito de Atlântida.

— E o que os dois fizeram?

— Entraram em contato com um grande contrabandista de obras de arte e antiguidades, conhecido de Ernesto Fritzen. Este, inclusive, comprou muitos objetos dele, roubados de museus e coleções particulares. Esse homem vive na Turquia, numa cidade chamada Kusadasi, e seu nome é Ibrahim.

Então, esse era Ibrahim? Um contrabandista internacional? Tio Fausto, prontamente, buscou a fotografia da ânfora, encontrada junto dos relatórios em grego, e observou no verso o nome dele, seguido de um telefone e endereço em Kusadasi. Exibiu-a a Geraldo:

— Foi esse o objeto que Ibrahim conseguiu para Fritzen e Moacir? Uma ânfora?

— Acho que sim. Não tenho certeza.

Tio Fausto examinou a foto mais minuciosamente. A ânfora tinha umas figuras esculpidas em relevo. Figuras de homens enlaçando touros. Segundo Platão, a caça aos touros era um dos grandes passatempos entre os nobres de Atlântida.

— Tudo o que eu sei é que Fritzen pagou uma pequena fortuna a Ibrahim para conseguir o objeto, o que foi feito em poucas semanas. Ao ligar para avisar que o serviço estava concluído, Ibrahim assegurou: a peça que ele encontrara era tão única e especial, que quem a tivesse em mãos poderia afirmar, sem medo de ser desmentido, que ela tinha sido retirada da própria reserva técnica do museu de arqueologia de Santorini, onde estão guardadas as relíquias encontradas nas escavações realizadas na ilha. Imediatamente o senhor Moacir fez contato com Kostas Kostalas, contou que estava de posse desse objeto e marcou uma visita a Atenas para conversar com ele. Fui eu que planejei toda a viagem, inclusive fazendo reservas em hotéis e tudo o mais. Ele saiu do Brasil, em fevereiro, com destino à Turquia. Desembarcou em Istambul e seguiu para Kusadasi, onde se encontrou com Ibrahim, que lhe entregou a peça. Só então ele foi para Atenas. Lá, conseguiu negociar com o professor Kostalas uma cópia de todos os seus estudos relativos aos Manuscritos de Éfeso, em troca da relíquia.

Aquele roteiro de viagem era o mesmo que tio Fausto, Ivan e Sofia descobriram nos papéis encontrados no gabinete do diretor: Istambul, Kusadasi, Atenas... Bastava acrescentar uma parada em Éfeso, que ficava praticamente ao lado de Kusadasi, e o circuito estava completo.

— Tudo indicava que o senhor Moacir, ao voltar para o Brasil, levaria imediatamente os papéis a Ernesto Fritzen, mas isso não aconteceu. Ele achava pouco o que Fritzen havia prometido lhe pagar e resolveu tirar muito mais dinheiro dele. Ao chegar ao Rio, ele guardou os documentos num cofre e disse a Fritzen que só os entregaria se ele lhe desse uma pequena fortuna. Dinheiro suficiente para quitar todas as dívidas, pagar a hipoteca do apartamento e ainda ficar com uma gorda soma em dinheiro no bolso. Era um valor absurdo. Fritzen se negou a pagar e foi aí que ele me procurou. Ele sabia que eu era a única pessoa que poderia ter acesso ao gabinete e à casa do senhor Moacir. Então, ele me ofereceu um bom dinheiro, que era obviamente uma fração do que o senhor Moacir estava exigindo dele, para eu roubar os relatórios. Numa manhã, antes de o diretor chegar à escola, fui até o cofre que fica dentro do gabinete, no fundo de uma estante, atrás de uma fileira de livros. Eu tinha a combinação anotada. Como eu suspeitava, os relatórios estavam lá. Naquele mesmo dia, fui à casa de Ernesto Fritzen e negociei os papéis com ele.

Ivan e Sofia se entreolharam cada vez mais impressionados com aquela confissão, que saía da boca de Geraldo com a força de uma tempestade de verão:

— Quando foi isso?

— Há menos de um mês.

— E, pelo visto, Moacir ficou sabendo do roubo logo depois. Ele não desconfiou de você?

— Não. Achou que Ernesto Fritzen tivesse mandado seus homens à escola durante a noite. Quando descobriu que não estava mais com os documentos, ele começou a pressionar Fritzen. Disse que havia digitalizado os papéis num CD-ROM e afirmou que os divulgaria publicamente pela internet, caso não recebesse a quantia que pedia. Fritzen não queria que os textos viessem a público, pois despertaria a atenção de muitos caçadores de tesouros mundo afora, acabando com o mistério que ainda existe em torno dos Manuscritos de Éfeso. O senhor Moacir ameaçou, ainda, procurar alguns

Ivan e Sofia se entreolharam cada vez mais impressionados com aquela confissão, que saía da boca de Geraldo com a força de uma tempestade de verão.

estudiosos de arqueologia e história e entregar cópias do CD com as informações, além de contar a eles tudo o que sabia.

Ivan, de repente, teve um estalo:

— Foi por isso, tio Fausto, que o diretor chamou você para conversar com ele lá na escola na semana passada. Vocês falaram o tempo todo nos Manuscritos de Éfeso, não foi?

Sofia complementou:

— É isso mesmo. E ele ainda disse que iria lhe passar mais informações depois sobre o encontro com o professor Kostalas na Grécia. Tanto assim, que você ficou desesperado quando soube que ele tinha sido envenenado.

Tio Fausto se horrorizou ao constatar que os sobrinhos tinham razão. Realmente, ele havia achado meio estranho o diretor Moacir tê-lo convidado para ir ao gabinete dele. Fora uma cortesia, era verdade, mas que, estranhamente, não havia sido estendida aos pais dos demais alunos.

Geraldo continuou:

— As ameaças do senhor Moacir, contudo, não se limitaram ao CD-ROM. Ele contou a Fritzen que havia descoberto que o filho dele, Otto, estava envolvido com drogas dentro da escola. Na verdade, ele já sabia disso havia algum tempo, mas tinha preferido não falar nada por enquanto, para não comprometer o nome da escola e não atrair represálias de traficantes. Àquela altura, porém, ele estava firmemente disposto a contar tudo à polícia e declarou isso a Fritzen. Eu ouvi toda a conversa deles pela extensão do telefone.

— Foi então que, colocado contra a parede, Fritzen não viu outra saída senão matar Moacir...? — inferiu tio Fausto.

— Tenho quase certeza de que sim. Não posso afirmar com cem por cento de segurança que o assassino do senhor Moacir é Ernesto Fritzen. Mas tudo leva a crer que tenha sido ele mesmo. Afinal, ele já tinha o que queria: os relatórios. E, além do mais, ele não poderia confiar no senhor Moacir, ainda que pagasse o que ele exigia. Pois quem poderia garantir que, no futuro, quando o dinheiro lhe faltasse novamente, o diretor não voltaria a procurar Fritzen fazendo as mesmas ameaças?

— Nesse caso, Otto levou a pera envenenada até o Moacir a mando do pai — deduziu tio Fausto, alteando as sobrancelhas. — E não porque estivesse ameaçado de ser delatado por uso e venda de drogas...

— O senhor Moacir não foi morto por causa das drogas. Ele já sabia sobre isso fazia bastante tempo. O motivo, estou quase certo, foi mesmo a chantagem que ele vinha fazendo com Ernesto Fritzen.

— Nesse caso, talvez não tenha sido o Otto quem colocou a pera envenenada na bandeja do seu Moacir — conjecturou Sofia, com o dedo apontado para Geraldo. — Pode ter sido você. Afinal, era você quem servia o lanche para ele todas as manhãs.

Geraldo balançou a cabeça, aflito:

— Não, eu não matei o senhor Moacir — gaguejou, quase atropelando as palavras. — Eu jamais faria uma coisa dessas. Confesso que roubei os relatórios e os entreguei a Ernesto Fritzen, mas foi só isso. Além do mais, dona Dilma contou à polícia que viu Otto com a pera na copa.

— É verdade. Acho que já ficou provado que quem levou a pera lá foi mesmo o Otto — declarou o tio, olhando para Sofia e Ivan. — O que eu ainda não consegui entender — ele se voltou novamente para Geraldo: — foi por que Moacir partilhou com você todas essas informações sobre a viagem, o contato com Kostas Kostalas, as transações com o contrabandista Ibrahim e até a chantagem que ele fez com Ernesto Fritzen.

— Ele me contou como uma maneira de se proteger. O senhor Moacir não era bobo. Ele sabia que, ao chantagear Fritzen, estaria correndo riscos. Inclusive risco de ser assassinado. Por isso ele me pediu que revelasse toda a história à polícia, caso Fritzen tentasse matá-lo. Mas eu achei melhor não fazer nada. Fritzen provou que é um homem perigoso, um assassino. Se ele descobrir que sei de tudo, pode ser o meu fim. Por isso vou ficar em silêncio.

— É uma sábia decisão — ponderou tio Fausto. — Além de um assassino, Fritzen é calculista o suficiente para preferir ver seu único filho ser acusado pela polícia, em vez de revelar toda a verdade e confessar que ele próprio foi o verdadeiro e único culpado pelo crime, e que o motivo foi a chantagem por causa dos relatórios em grego e não as drogas.

— Você acha que Ernesto Fritzen vai manter a boca fechada, mesmo vendo o filho ser preso? — indagou Ivan, meio perplexo.

Tio Fausto sacudiu a cabeça afirmativamente:

— Acho. Sabe por quê? Porque, nesse caso, é mais cômodo para Ernesto uma acusação por causa de drogas. Ele sabe que a lei brasileira é porosa, a justiça é lenta e boa parte da polícia é corrupta. Além do mais, não houve flagrante. Ninguém foi pego com drogas. E tráfico de drogas já se tornou um fato tão comum, tão banal, que a sociedade até se acostumou. O que Ernesto não queria de jeito nenhum é que a história dos Manuscritos vazasse. Se o Moacir falasse dos relatórios do professor Kostalas, a história poderia se espalhar, e então o segredo, que ele se esforçou tanto para manter, estaria liquidado.

— Mas, tio... — insistiu Ivan. — Não é só o tráfico. Houve um assassinato. Ernesto e Otto são os maiores suspeitos de terem matado seu Moacir.

— Você disse tudo: eles são suspeitos. *Apenas* suspeitos. Não há provas, somente indícios. O que a polícia tem para incriminá-los? O depoimento da coordenadora e uma conversa telefônica gravada. Isso é muito pouco. Quem pode garantir que dona Dilma esteja falando a verdade? Quem pode garantir que não tenha sido ela a assassina e esteja querendo jogar a culpa nos Fritzen? Será um caso complicado de resolver. Otto é menor de idade e está protegido pela lei. Fritzen é um homem riquíssimo e pode subornar muitos policiais e juízes e calar quantas bocas quiser. Duvido que eles sejam presos. O mais certo é que, em poucas semanas, esse caso já tenha sido até esquecido. E, muito provavelmente, a versão que vai ficar é a de que não havia pera envenenada alguma.

Que Moacir Portela morreu por causa de um derrame, enfarte ou algo do tipo. Vocês não leem os jornais? Só uma mísera percentagem dos homicídios é esclarecida no Brasil. Infelizmente, essa é a nossa triste realidade.

Geraldo fez menção de se levantar e perguntou a tio Fausto:
— Se vocês não se incomodam, acho que vou embora agora. Precisam de mais alguma informação?

Tio Fausto apenas respondeu:
— Não. Quero apenas fazer uma recomendação. A partir do momento em que você cruzar os portões aqui do Planetário e pisar na calçada do lado de fora, essa nossa conversa deverá ser esquecida. Para a sua segurança e para a nossa também. Fritzen já matou um. E quem mata um pode matar, dois, três, quatro... Pense bem nisso.

— Pode confiar em mim, senhor Fausto. — Ele olhou para Ivan e Sofia: — Até logo, meninos. Vejo vocês, segunda-feira, na escola.

Os irmãos se entreolharam interrogativamente. Deveriam se despedir de um ladrão de documentos, que traiu a confiança do próprio chefe? Mas, antes que pudessem olhar para a frente novamente, Geraldo já tinha lhes dado as costas e, agora, caminhava lépido para a rua. Tio Fausto esperou o homem sumir de sua vista para guardar novamente os relatórios na pasta. Segurou as mãos dos sobrinhos e disse:

— Eu não tinha prometido a vocês, no início da semana, que iríamos descobrir se o assassinato do Moacir teve alguma relação com os Manuscritos de Éfeso? Pois aí está. Descobrimos. E só nós três, além de Fritzen e Geraldo, sabemos a verdade.

Eles esperaram alguns instantes para se levantar e andaram rumo ao portão por onde tinham entrado. Ivan olhou para a pasta, que tio Fausto carregava firmemente na mão direita, e perguntou a ele:

— O que você vai fazer com os relatórios em grego? Guardá-los?

Tio Fausto deu um muxoxo:
— Ora, é claro que não. Vou devolvê-los a Ernesto Fritzen.

Talvez ainda hoje eu mande um mensageiro entregar na casa dele.

— As informações sobre os Manuscritos de Éfeso que estão nos relatórios não te interessam, tio Fausto? — indagou Sofia, com estranheza.

— Mais ou menos. No entanto, mesmo assim eu vou devolver tudo a Fritzen. Eu li os relatórios ontem à noite. A maioria das revelações que eles fazem eu já conhecia. De qualquer modo, não preciso ficar com eles. Sabem por quê?

Ivan e Sofia sacudiram a cabeça negativamente.

— Porque eu já tinha uma cópia comigo.

— Uma cópia dos relatórios?! — surpreendeu-se Ivan.

— Como assim?

— Estão lembrados do CD que Moacir Portela me deu de presente no dia em que estive no gabinete dele com vocês?

Os sobrinhos fizeram que sim.

— Estão lembrados do que Geraldo disse agora há pouco? Que Moacir gravara os papéis num CD-ROM para ameaçar Fritzen?

— Então, isso significa... — balbuciou Sofia.

— Que o CD que o Moacir me deu é uma cópia do CD-ROM que ele gravou. Agora eu entendo o que ele queria dizer quando sugeriu que ainda tinha informações a me passar sobre o professor Kostas Kostalas. Essas informações estavam no CD. Como ficamos esse tempo todo sem computador por causa daquela pane da semana passada, só ontem, depois que o técnico o entregou consertado, eu pude descobrir o conteúdo do CD.

Eles ficaram em silêncio por um longo tempo, até Ivan perguntar, bruscamente:

— E o que você pretende fazer agora? Continuar a busca pelos Manuscritos?

— Lógico! — retrucou tio Fausto. — A busca continua. Ela só vai acabar quando eu encontrar os Manuscritos. Ou quando eu descobrir que eles não existem mais. Talvez vocês possam me ajudar, agora que já estão sabendo de tudo.

— Vai ser um prazer, tio Fausto — Ivan se apressou em afirmar.
— Quando começamos? — quis saber Sofia.
— Muito em breve — respondeu tio Fausto.

Quando os três entraram em casa, encontraram a toalha estendida sobre a mesa, à espera da hora do lanche. Eles comeram em silêncio, pensando em Atlântida, o continente perdido, a terra dourada que, num passado muito, mas muito distante, fora engolida pelo mar. Será que, algum dia, conseguiriam provar que a lenda era verdadeira e que Atlântida de fato existiu?

Os Manuscritos de Éfeso continham a resposta e, por um instante, Ivan e Sofia tiveram a certeza de que eles ainda iriam encontrá-los, intocados, ocultos em algum ponto obscuro do planeta. Sorriram intimamente. A caça aos Manuscritos e a busca por Atlântida era a promessa de muitas aventuras e descobertas, e essa perspectiva era simplesmente maravilhosa.